J’aime bien le mois d’avril

Jean-Michel Faure

J'aime bien le mois d'avril

Roman

LE LYS BLEU
ÉDITIONS

ISBN : 979-10-422-2461-5

À mes parents

Et l'amour, où tout est facile,
Où tout est donné dans l'instant.
Il existe, au milieu du temps,
La possibilité d'une île.

Michel Houellebecq

J'aime bien le mois d'avril.

Un sweat-shirt suffit désormais… Et les filles sont si belles dans leurs habits en lin ! Une tramontane modeste vous caresse la peau que le soleil s'amuse à colorer d'une couleur ambrée d'une rare élégance.

Je remonte ainsi la Grand Rue Jean Moulin dans ce vieux Montpellier où les venelles ombrées m'offrent juste un peu de repos dans toute cette lumière vive. Arrivé au croisement de la Rue de la Loge, je ralentis le pas et bifurque sur ma droite pour la trouver enfin… La Boutique des Possibles, la boutique de livres. Dans la petite vitrine, j'aperçois Modiano plongé dans ses pensées et juste à côté de lui un Houellebecq fatigué. Un peu plus éloigné, Christian Bobin sourit à toute cette bonté que la vie lui propose.

J'entre.

« Bonjour, mademoiselle Lise », dis-je, en le murmurant à la jeune libraire, juchée sur son échelle coulissante, ses bras chargés de livres.

— Bonjour Damien ! me répond-elle presque timidement.

— Vous allez où aujourd'hui ?

— Chez Paul et Virginie[1].

— Alors, prenez la deuxième allée sur votre gauche, mais faites attention aux alizés, ils soufflent fort ce matin !

Je la remercie et me dirige alors au fond de la boutique pour m'enfoncer à gauche sur un parquet de chêne qui se transforme très vite en un chemin de sable fin comme de la poussière ! Partout des livres de voyage, des livres du lointain. « Bon Dieu, qu'est-ce que ça souffle !… » J'avance lentement vers l'océan là-bas, derrière des cocotiers qui tremblent sans avoir peur des vagues énervées qui s'échouent avec grâce, sur la plage toute blanche. Le soleil, maintenant

[1] Paul et Virginie : *Bernardin de Saint-Pierre*… Folio classique… Édition de Jean Ehrard.

au zénith, me brûle tout le corps… Je retire mon sweat-shirt, il est en sueur.

J'ai de plus en plus chaud, j'hallucine maintenant… L'Alfa Roméo Giulietta commence à virer, à se retourner, puis tourner encore, pour finir encastrée dans un pommier en fleurs. Michel Piccoli est sérieusement blessé et gît dans l'herbe tendre.

2011, c'est presque la fin de l'été austral ! Rien d'étonnant à ce qu'il fasse encore chaud ! Heureusement, il y a ce vent d'est ! Dans le ciel, un paille-en-queue, dessine des dédicaces… Des dédicaces dans le ciel ! Je pense à Romy Schneider !… Que c'est beau l'île Maurice !

Nu, je plonge dans le lagon… Déçu par sa tiédeur, je quitte l'eau pour m'abriter plus loin à l'ombre d'un flamboyant d'une rougeur honteuse. Des images fugaces du film « Les Choses de la Vie » m'apparaissent encore. Je dois quitter la plage vite et aller à Port-Louis chez Firmine. Elle seule saura me rendre mon sourire hésitant.

Je reconnais maintenant les volets carminés de sa petite case. Je m'approche de la porte et doucement je frappe la tôle chaude. Elle ouvre et se met à pleurer… Des pleurs d'émotion, et d'autres bien trop tristes. Nous nous embrassons longtemps et échangeons le sel de nos larmes. Comment vas-tu, Damien, et comment va Cédric, mon cher petit ! Vous me manquez tant ! Si vous saviez !

Dans la rue d'à côté règne le silence, seulement perturbé, par instants, par le cri joyeux d'enfants qui jouent au foot. Je souris un petit peu… Mais pas suffisamment.

Firmine a soixante-seize ans… Et elle est superbe. Petite femme vive au sourire magnifique. Je l'avais rencontrée en 2005 du côté de Curepipe, à un arrêt de bus. Moi, j'étais en vacances pour un mois à Maurice… Vacances qui se finissaient par ailleurs. Nous avions alors parlé de son île où les montagnes rondes magnifiques repoussent les nuages pour laisser une place à un soleil immense. Nous avions également évoqué les vingt-neuf ans de Mya, sa fille qu'elle me présenterait quelques jours après, la veille de mon retour de vacances. Mya et ses yeux verts, Mya et ses cheveux bouclés noirs qui tombaient en cascade jusqu'au creux de ses reins. Mya, l'amour de ma vie, ma femme, la mère de notre fils, Mya qui s'en est allée il y a presque un an déjà, à la suite d'une rupture d'anévrisme cérébral.

Romy Schneider sort de l'hôpital totalement bouleversée, anéantie… Michel Piccoli est mort, THE END ! Le générique long, trop long… Je quitte la salle précipitamment. Les « Choses de la Vie » quoi !

Soudain, j'ai peur et je me réfugie dans les bras de Firmine. Sa main dans mes cheveux comme de tendres caresses. Passées cinq minutes, elle va chercher l'urne funéraire posée sur une simple tablette dans sa chambre et me la confie avant que nous l'embrassions et la serrions très fort chacun à notre tour. « Ma fille, c'était la beauté de l'océan, alors va disperser ses cendres dans la mer s'il te plaît Damien ! Tu m'excuseras, mais moi je n'irais pas, trop de peine, vois-tu… C'est quand même triste que Cédric ne soit pas là, c'était sa maman tout de même ! »

— Oui, c'est triste, mais j'ai une voisine qui s'en occupe très bien ! Et puis en ce moment il est à l'école maternelle et il est si fragile ! De toute façon il n'était pas possible qu'il vienne… Il n'y avait qu'une place dans mon rêve ! N'oubliez pas non plus que Mya est partie pour de longues vacances, c'est une sirène maintenant, c'est vous qui lui avez dit.

— Je sais, Damien, je sais bien et je comprends parfaitement.

— Et puis il est dans notre cœur, il est avec nous n'est-ce pas ?

— Oui, conclut Firmine, en hochant la tête. Tu ne portes plus ton alliance ?

— Je l'ai fait fondre avec celle de Mya et j'en ai fait faire une petite pépite que porte au cou maintenant Cédric. J'ai l'impression que je n'aurais pas dû ?

— Mais si, mais si, il doit être beau ce petit avec !

— Je suis revenu aussi vous porter quelques-unes des affaires de Mya que j'ai retrouvées à l'appartement, dis-je en sanglotant. « Quelques bijoux, des photos rigolotes, mais aussi un peu d'argent qu'elle avait économisé pour vous, pour vous aider Firmine. C'était caché sous notre matelas ! »

Firmine tremblait maintenant et refusa. « Je ne veux plus rien d'elle, tout cela ne sert plus à rien, elle n'est plus là ! Tu comprends ? »

— Oui, mais nous sommes là, tous les trois avec Cédric, vous n'êtes pas seule dans la vie. Prenez au moins l'argent !

J'imagine bien que ma présence réveille le mal. Je l'ai embrassé longtemps, et encore plus, cette urne ! Puis je suis allé jeter les cendres de Mya au large du lagon de Tombeau Bay. J'étais dans une telle détresse que j'ai jeté l'urne funéraire avec les cendres ! Mécaniquement, maladroitement ! Il me semble que cela m'a fait sourire légèrement. Mya est une sirène maintenant comme le souhaitait Firmine.

— Alors, c'est fait ? me demanda Firmine à mon retour.

— Oui, ça y est, Mya est une belle sirène.

Elle me remercia par un baiser.

Je remarquais que sur la table de la cuisine l'argent avait disparu. J'étais content que Firmine accepte les économies de Mya.

— Et si nous prenions quelques jours de vacances pour quitter Port-Louis quelque temps. Cela nous changerait les idées, vous ne croyez pas ?

— Et tu voudrais qu'on aille où ?

— Disons sur la côte est par exemple. Je connais un hôtel sympa, un quatre étoiles avec un golf. Nous y allions de temps en temps avec votre fille, c'est l'hôtel Belle Mare à 5 étoiles. Vous connaissez ?

— Non, je ne connais pas et je pense que ce n'est pas le genre d'hôtel pour moi… Trop luxueux, tu ne trouves pas ? Quant au golf ! (Sourires)

— Mais on s'en fiche du golf et du côté luxueux ! On y va pour se reposer et se promener.

— Si tu y tiens ?

Le lendemain je réservais deux chambres pour une semaine en pension complète. Je voulais l'aider à faire sa petite valise, mais elle se débrouillait bien toute seule. Je n'ai pas insisté.

Nous sommes partis un samedi matin pour une arrivée à l'heure du déjeuner. Il est vrai que c'est un hôtel magnifique… Pas un palace, mais juste une CLASSE en dessous ! Firmine était hésitante en tout. Elle a commencé par refuser qu'on porte son bagage et juste après, faire remarquer au bagagiste qu'il y avait trop de coussins sur le trop grand lit. Le jeune homme et moi avons souri discrètement pour ne pas la froisser. Comme c'était l'heure du repas, nous avons pris place autour d'une table magnifique en verre. Les couverts étaient superbes, mais trop nombreux pour elle, Firmine se trompait tout le temps de fourchettes ! Mais elle a trouvé cela très très bon et d'une grande finesse de présentation. Elle ne finissait jamais son assiette, c'était trop copieux ! À la fin de notre séjour, elle redemandait toujours un peu de surplus. Qu'elle est savoureuse cette Firmine ! Vraiment je l'adore. Pendant pratiquement toute cette villégiature, nous avons très peu évoqué Mya et c'était tant mieux. Inutile de gâcher ces moments de repos de l'esprit. En milieu de séjour nous avons beaucoup ri. En effet nous avons décidé de faire une partie de golf. C'était pas gagné. Moi j'avais dû taper dans la balle en deux ou trois occasions maximum et Firmine jamais en soixante-seize années ! Quelle aventure que ce mini parcours de practice ! Cédric se serait éclaté ici. En clair, nous n'avons pas franchi le premier trou. Impossible de taper la balle si petite. Nous avons arraché pas mal de mottes de terre avant de réussir à expédier la balle à un ou deux mètres. En plus nous avons créé un bouchon, car d'autres golfeurs étaient bloqués derrière nous. Alors nous les laissions passer avec un grand sourire. Point d'orgue dans notre périple, l'instant où Firmine réussit à envoyer la balle blanche contre le tronc d'un palmier sur laquelle elle rebondit pour finir dans la mer ! Fous rires certifiés. Alors on a abandonné ce parcours troué. On s'était bien amusé et c'était le principal. Et puis j'avais trouvé dans un bouquet d'une sorte de joncs, une balle de golf siglée de notre hôtel, Cédric sera content. En plus elle est toute neuve !

Nos journées étaient simples, on se calait dans des transats au bord du lagon et nous lisions des romans de vacances, des romans simples. Lévy, Musso, ce genre-là ! Je remarquais le calme et la béatitude de Firmine. Nous étions presque heureux… Il nous manquait Cédric et bien sûr Mya !

C'est avec regret que nous avons quitté l'hôtel, mais il faudra y revenir, c'était trop bon. J'ai réglé la facture et commandé un taxi. « Direction l'île aux cerfs » pour que Firmine y aille au moins une fois dans sa vie. À Trou d'Eau douce nous avons pris un speed boat taxi pour être vite sur l'île, car je ne souhaitais pas que Firmine ait le mal de mer. Quand elle a vu ce paysage magnifique, elle m'a dit qu'ici c'était le paradis sur terre et qu'elle espérait que sa petite Mya avait connu cet endroit merveilleux. J'ai répondu par l'affirmative et j'ai aperçu quelques larmes couler. Oh ! pas beaucoup, juste quelques-unes, deux ou trois !

Et puis nous sommes rentrés sans précipitation à Port-Louis tout en silence dans le taxi.

Cette semaine nous avait fait un bien fou ! Firmine me remercia encore et encore par plein de bisous appuyés.

Nous avons beaucoup pensé à Cédric, ce petit homme un peu trop seul sans moi, dans cette grande ville du sud, de cette France qu'il ne connaît que par défaut… Tu dois lui manquer énormément Mya ! Et moi ! Ses nuits doivent être hachées !

Et j'ai quitté la case pour me rapprocher de Port-Louis et son centre. J'ai marché, j'ai marché quand, sur Edith Cavel street, tout s'est ombré, noirci, et la rue est devenue oblongue, une sorte de tunnel, un long tunnel sombre où je me suis engouffré comme une évidence.

*

À l'autre bout du tunnel, j'ai aperçu des livres, d'abord de la même collection et d'autres disparates dans des allées extrêmement ordonnées. J'étais de retour ! Lise n'était plus sur son échelle, elle était dans la boutique en train de ranger d'autres livres.

— Alors, c'était bien ?

— Très très dur, ne m'en parlez pas !

— Je suis sorti de la librairie torse nu ! Je suis vite parti acheter un sweat-shirt chez Café Coton, et je suis rentré chez nous dans notre petit studio de la rue des Etuves.

Les restes de notre petit-déjeuner traînent sur la tablette du salon, une boîte de Kellogg's languit sur le décodeur Canal, juste à côté d'une photo où Mya me tire la langue dans un grand éclat de rire. Qu'elle était belle Mya devant la tour Eiffel à faire ses singeries ! Printemps 2007, il fait un temps superbe, c'est notre voyage de noces, Paris et la France sont à nous, et rien ne signalait cette putain de maladie. Pas loin, une autre photo où l'on voit Cédric et sa mère s'amuser dans le sable. Il me semble que c'est au Touessrok hôtel, mais je n'en suis pas certain. Mélancolie ! Alors, comme une punition, j'ai mis un CD de Gary Moore et bien évidemment des larmes s'invitèrent. Parisienne Walkways vient de se terminer, c'est Still Got The Blues qui s'enchaîne maintenant. Je renifle.

Midi bientôt, et je n'ai pas faim ! Et si j'allais faire un tour en ville ? Cédric ne t'inquiète pas, je serai à l'heure, à la sortie de l'école maternelle ! En attendant, tu as cantine !

Je suis cet homme penché qui traverse désormais la place de la Comédie. Du monde, rien que du monde partout et du bruit comme exagéré ! Je pénètre au musée Fabre où règne enfin le calme. Quelques personnes âgées s'étonnent devant les œuvres des Maîtres anciens, moi ce sera à l'étage que j'irais me recouvrer dans le noir-lumière de Pierre Soulages. C'est tout simplement extraordinaire à regarder toute cette beauté, tout ce noir de goudron et ce brou de noix. Personne dans la salle 47a, le gardien est dans la 46 à surveiller des enfants turbulents…

*

… Je m'approche d'une gigantesque toile tendue au mur (324 x 181 cm)… Je me rapproche encore, toujours plus, encore ! J'y pénètre ! La nuit m'enveloppe maintenant comme une tendre caresse. Je me sens bien. Mya dort à côté de moi, sa tête sur mon épaule. À travers le hublot, tout est outre-noir, l'Afrique se repose. Une escale de deux jours nous attend à l'île de la Réunion. Mya veut tant voir le volcan avant de revenir à l'île Maurice.

Dans trois heures et quelques, on se posera sur l'aéroport de Saint-Denis de la Réunion.

Dix heures du matin… Notre hôtel se trouve dans le sud de l'île… Hep taxi !

Mya, le nez collé à la fenêtre de la BMW, ne rate rien du paysage qui défile. Saint-Paul, Saint-Gilles, Saint-Leu et des embouteillages partout ! Deux cent dix euros plus loin, nous arrivons enfin à Saint-Pierre. La chambre est superbe avec vue sur la plage. À contre-jour je ne me lasse pas d'observer Mya qui se déshabille… Un peu, beaucoup, intégralement… Son métissage créole/indien, ses yeux verts et son corps inouï la rendent superbe à tomber. Et puis j'adore son ventre rond qui est comme une option gratuite ! Comment ne pas fondre devant une telle fille ! Alors, une douche comme prétexte, et nous faisons l'amour… Longtemps, éperdument !

Nous déjeunons sur une petite terrasse toujours avec vue sur mer. Nous faisons durer le repas avant d'aller nager. La voir en maillot de bain m'exalte, et je l'invite à retourner à la chambre rapidement. Elle rit et s'en amuse.

La nuit vient à nouveau étendre son long manteau sur la ville. Ce soir nous ne dînerons pas, nous sommes si fatigués ! Il est déjà l'heure de dormir et c'est tant mieux. Dernière étoile filante et je tire les rideaux pour trouver l'outre-noir. La peau de Mya exhale un mélange de jasmin de nuit et d'ambre, quelque chose comme le plus beau parfum du monde. Derniers effleurements et nous nous endormons… Elle, en chien de fusil, pour le bébé bien sûr.

Sept heures du matin. Réveil.

— Tu savais mon Ange que le Piton de la Fournaise culmine à 2 632 mètres d'altitude ?

— Non, mais quelle importance ?

— Aucune, je t'aime.

La journée s'annonce belle, les nuages sont occupés à cerner le Piton Maïdo, le soleil en profite. Nous prenons le petit-déjeuner sur la terrasse sous un soleil rêvé. C'est décidé, nous n'irons pas au volcan en bus. Je téléphone chez Hertz et je réserve une Dacia Sandero.

« J'aurais préféré une Porsche Cayenne ! » dit Mya en s'esclaffant. Je lui réponds par une grimace. Elle trouve que je suis très beau !

Après une orgie de fruits frais, nous prenons la route. Nous évitons les embouteillages au Tampon et nous arrivons rapidement sur la route du volcan. Celle-ci nous emmène jusqu'au Pas de Bellecombe qui surplombe l'Enclos Fouqué et la dernière caldeira [2] formée. Le spectacle est grandiose et Mya si heureuse. Je la regarde, je regarde ma femme et elle est splendide.

— Mon Dieu, c'est tellement surréaliste qu'on se croirait sur Mars ! dit-elle, en fixant du regard le petit cône volcanique proche de l'observatoire.

— Tu sais mon amour, cela sert de décor dans la réalisation de certains clips et films !

— Waouh ! dit-elle en s'approchant de moi pour m'offrir un baiser et me dire qu'elle m'aime. Juste envie de pleurer !

Nous sommes restés deux heures à admirer la Plaine des Sables, et cette caldeira. À aucun moment l'idée d'y descendre nous est venue, c'est trop raide pour une femme enceinte… Et puis c'est si beau vu d'en haut ! En souvenir, Mya désire emporter avec elle une bombe volcanique[3].

— Tu crois, mon ange, que la douane mauricienne va te laisser passer avec ça ?

— Je la mettrai avec mon linge sale, ils ne fouillent jamais à cet endroit… ou très rarement.

— Mais tu te rends compte du poids ? Plus d'un kilo j'en suis certain ? Et puis, c'est interdit !

— Ne t'inquiète pas mon amour, dit-elle en conclusion, ne t'inquiète pas !

---

[2] Une caldeira, ou caldera, est une vaste dépression circulaire ou elliptique, généralement d'ordre kilométrique, souvent à fond plat, située au cœur de certains grands édifices volcaniques et résultant d'une éruption.

[3] Une bombe volcanique est un fragment projeté de lave, de plus de 64 mm de diamètre, provenant de la fragmentation d'un magma émis lors d'une éruption volcanique. Les bombes constituent un véritable danger aux abords de certains volcans en éruptions. Les bombes sont très lourdes.

C'est l'heure où le volcan se recouvre de brouillard, où plus rien n'est à voir. Il est temps de rentrer à l'hôtel, là-bas, plus au sud-ouest. Demain matin on repart ! Il va falloir refaire les valises et faire de la place pour ce putain de caillou.

— Tu es sûre qu'il va rentrer dans ta valise, chargée comme elle est ? Et puis donne-le-moi, c'est trop lourd, tu es enceinte souviens toi !

— Bien sûr que je suis enceinte, mais ça va et je t'assure, sous mes petites culottes, il sera bien caché et puis je dirais au douanier que c'est un cadeau de mariage. Tu vas voir mon amour, cela va bien se passer.

— OK, mon ange, si tu le dis !

Notre dernière soirée sur l'île sœur fut très douce, agréable. De la plage en bas de l'hôtel, nous avons regardé le soleil se coucher. Le ciel, l'océan, le soleil… Quelles couleurs ! J'ai commis un baiser sur ses lèvres puis nous sommes rentrés… Le dîner était servi… et quel dîner ! Langoustes, cari crevettes, ananas flambés et vin sud-africain ! En fond sonore, un concert de Danyèl Waro[4] surprenant.

Minuit et trente minutes, Danyèl Waro ne chante plus depuis plus de deux heures et les serveurs attendent.

— Il est l'heure d'aller se coucher mon ange, demain c'est l'avion et le retour dans notre île.

— Je sais, mais accorde-moi une danse. Juste un slow, là-bas sur la plage et tant pis s'il n'y a plus de musique, je saurai l'imaginer ! Tu vois mon amour, je voudrais que cette soirée soit éternelle, je voudrais que nous soyons éternels tous les trois ! Faisons durer notre vie ! Faisons durer Paris et la France magnifiques !

J'ai pris mon air sérieux et je l'ai invité sur le sable encore chaud avec juste le bruit des vagues comme musique de fond. C'était étrange et calme. Nos corps ne faisaient qu'un et je crois qu'elle pleurait, alors je l'ai serrée encore un peu plus fort, mais pas trop, lui ai dit des mots

[4] Danyèl Waro (Daniel Hoareau à l'état civil) est un musicien, chanteur, poète de l'île de La Réunion, né le 10 mai 1955 au Tampon. Il est à l'origine d'un renouveau du maloya dans l'île et de sa reconnaissance en France. Artiste très influent à La Réunion, il est reconnu par beaucoup de groupes locaux pour l'aide qu'il a apportée à l'émergence de la musique traditionnelle.

bleus. Mya était heureuse. Alors, seulement nous avons décidé de quitter la plage et d'aller nous coucher.

Tout était calme dans l'hôtel à part quelques cris de plaisirs par ici et par là. Nous avons beaucoup ri en les entendant. Le monde était heureux, nous aussi nous l'étions ! Dormir, il fallait dormir malgré tout… Nous aurons toute la vie pour faire l'amour !

Le retour à Maurice fut délicieux. Même pas peur dans l'ATR42[5] !

Il était onze heures et Firmine nous attendait à sa case de Port Louis.

— Alors, c'était comment ?... Nous demanda-t-elle, un sourire immense, barrant son doux visage. « Maman si tu savais comme la vie est moderne là-bas, comme les gens sont heureux sans le savoir vraiment, comme tout est grand »… « Maman si tu savais comment La France et Paris sont belles ! »… « Si tu savais… »

— C'est bien ma fille, mais ne me mets pas trop la tête à l'envers, j'imagine ô combien c'est différent de notre petit rocher, mais il est beau aussi notre bout de rocher et puis laisse-moi rêver encore un peu à cet ailleurs lointain !

— Bien sûr maman, excuse-moi pour ce déballage, mais c'était merveilleux ce voyage de noces, si tu savais !

— J'imagine Mya, j'imagine ! Et toi Damien, comment as-tu retrouvé Paris, la France ?

— Comme votre fille vous l'a dit, belle !

— Et comment se porte Cédric, ce petit homme bientôt, il a bien supporté le voyage ?

— Très bien, j'ai profité d'être à Paris pour prendre rendez-vous avec un pédiatre réputé et tout va bien. Écographie et tout et tout ! C'est génial, il me tarde maintenant, surtout avec toute cette chaleur. Bientôt il sera parmi nous !

— Oui ça va venir, laisse le temps à l'enfant ! conclut Firmine dans un léger sourire.

---

[5] L'ATR 42 est un avion de transport de passager à turbopropulseurs. Le premier vol a eu lieu le 16 août 1984 et l'appareil a été mis en service le 9 décembre 1985. Ses hélices ne rassurent pas !

Au fait, nous vous avons ramené quelques souvenirs de France. Des petits riens, ceux qui font tant plaisir… Normalement !

— Il ne fallait pas, vous êtes décidément têtus ! Alors, ouvrons-les, puisqu'ils sont là !

Firmine avait les yeux qui brillaient devant les trois cadeaux. Elle déballa d'abord une tour Eiffel emprisonnée dans une boule à neige… Pendant quelques instants elle tourna puis renversa successivement cette boule, se riant des flocons scintillants. Cela l'amusa follement, avant que, lovée dans un autre paquet, elle découvrit une écharpe en soie siglée de chez Hermès. Elle en fit un foulard immédiatement. Comme elle était jolie ! Dans le dernier paquet, elle y trouva un collier de perles ! Firmine sanglotait. Je me suis approché d'elle et j'ai mis le bijou autour de son cou. Superbe ! Nous étions très émus.

Nous avons déjeuné rapidement avec elle. Des Dholl puri [6] excellents, accompagnés de mangues fraîches et de thé mauricien.

La conversation nous emporta en haut de la tour Eiffel. D'après Firmine de tout en haut on devrait voir l'île Maurice et même le monde entier ! Rires !

— Tu crois que le petit a pu voir la tour Eiffel, lui aussi ? Rires !

Il était quatorze heures et la fatigue commença son sale boulot de clignement des yeux et de fléchissement de jambes. Il nous fallait rentrer dans notre case. Firmine nous embrassa longtemps… Le taxi attendait toujours dans la rue. Direction Tombeau Bay.

Quelques voisins curieux ou simplement aimables sont venus à notre rencontre. Cela s'est bien passé ? Et oui, et oui, et oui !

Nous avons laissé nos deux valises dans la cuisine et sommes allés directement nous écrouler sur notre lit… Mya toujours en chien de fusil pour ne pas faire mal à l'enfant. Et nous avons dormi jusqu'au lendemain matin.

Douze heures de sommeil ! Douze heures d'affilée, pas un rêve, rien.

---

[6] Dholl puri : Mets incontournable de la street-food mauricienne, le Dholl puri est une savoureuse galette à base de pois cassés jaunes.

Huit heures et trente minutes, nous émergeons de notre chambre. Ce qu'il y a de bien chez Mya c'est qu'elle est belle tout le temps… Avec le ventre rond ou sans, avec maquillage ou sans, nue ou habillée ! Et ce matin n'échappe pas à la règle, elle rayonne. Moi, oh moi, j'ai la tête en friche, les cheveux dans tous les sens et des yeux qui collent. Elle me dit m'aimer malgré tout ! Elle rit !

Elle commence à défaire sa valise et va directement chercher dans le fond la fameuse pierre de lave. Je n'aurais jamais pensé qu'elle réussirait à franchir la douane avec ! Elle me dit qu'elle a fait les yeux doux au douanier et qu'il a désormais son numéro de portable. « Quoi, il a ton numéro ? » avais-je pleurniché avant qu'elle m'assure lui avoir donné celui d'une copine à elle. Je pouvais respirer.

J'ai moi-même déposé la pierre sur la petite table du salon en faisant bien attention à ne pas abîmer la vitre qui servait de support. Je reconnais que c'est un bel objet de décor et j'ai félicité Mya pour son obstination. « Je t'avais dit que tout irait bien ! » Finalement, nous nous apercevons avoir ramené très peu de souvenirs de notre voyage de noces… Qu'importe ! il y a les photos, des centaines de photos, de quoi faire de beaux albums… cela nous suffira comme souvenir. Et puis il y a nos souvenirs !

Nous décidons de déjeuner tôt, car nous devons faire les courses. Un petit tour chez KFC puis direction la supérette. Les courses rangées, nous éprouvons le bonheur de faire l'amour. Alors nous l'avons fait. « Tu ne trouves pas que l'on fait trop l'amour ? Avec le bébé dans ton ventre, tu crois que c'est raisonnable ? » dis-je, l'air inquiet, mais souriant.

— Les trois premiers mois, il faut faire attention disent les docteurs, mais après, libre à nous de faire l'amour quand on veut ! Peut-être qu'ils nous diront de ralentir. Et puis de toute façon il y a plein d'autres positions à essayer mon amour, répondit la future maman en éclatant de rire.

*

2005 à nouveau, avant-dernier jour de vacances à l'île Maurice, quelques jours après notre première rencontre, un bel après-midi, Firmine, accompagnée d'une jeune femme, allait entrer dans une pharmacie de Port-Louis. Firmine, m'ayant reconnu, me fit un petit signe de la main et je me suis arrêté immédiatement dans le parking de l'officine pour les saluer. Même pas le temps de descendre de mon Isuzu jaune qu'elles se sont approchées du véhicule. Tout près. « Comment allez-vous Damien ? Votre séjour se passe bien ? L'autre jour, je vous avais parlé de ma fille Mya, et bien la voilà. Elle est jolie, vous ne trouvez pas ! » « Mya, je te présente mon ami français, Damien ».

Que dire devant une telle beauté ? Rien, et c'est ce que j'avais fait. Impossible de parler, je ne faisais que racler ma gorge tandis que tout mon sang m'assaillait le visage…

— Dieu que vous êtes rouge, un fameux coup de soleil que vous avez attrapé là. « Vous devriez mettre de la crème genre Biafine », me conseilla la beauté exotique.

— Oui, mademoiselle, c'est ce que j'allais… euh… acheter… précisément.

C'est décidé je veux me marier avec cet ange, aucune fille dans le monde n'est aussi magnifique qu'elle, juste m'envoler avec Mya, oui c'est ça, m'envoler avec elle. « Voulez-vous que je vous conduise quelque part, il faut en profiter, c'est une voiture de location et je ne l'ai que jusqu'à demain matin, après c'est retour France. »

— Quel dommage !

— C'est comme cela, mais je reviendrai rapidement, c'est sûr.

— OK, alors on va à Curepipe ! décida Mya, en surprenant sa mère avec tout cet aplomb.

— Alors, je vous invite à monter. Firmine refusa de monter à l'avant du véhicule « jamais à la place du mort ! » C'est donc Mya qui était à ma gauche sur le siège passager.

Je tremblais tant que mes os craquaient par endroits. J'ai démarré en troisième et bien entendu la voiture a calé. Je devais être maintenant pourpre foncé ! À chaque changement de vitesse, je frôlai de la main la cuisse droite de Mya et j'avoue avoir eu quelques pensées confuses. Mais bon, Firmine était à l'arrière !

Je les ai déposés au centre de Curepipe en leur promettant de les attendre pour les ramener à Port-Louis.

— Mais non, Damien, vous n'allez pas faire ça, vous avez autre chose à faire ! Cela risque d'être assez long, nous allons chez le docteur.

— Quelqu'un est malade, m'étonnai-je !

— Non, mais c'est mes soixante-dix ans et plus qui demandent une révision. Alors nous avons ri, mais Mya un peu moins.

— Raison de plus pour vous attendre... Et je ne suis pas pressé de repartir en France ! Donc à tout à l'heure mesdemoiselles. Sourires.

J'ai stationné la voiture pas loin de la Police station et je suis allé manger une glace. C'était un ciel à alibi, à ne pas mettre un nez dehors. L'orage allait éclater sur Curepipe, c'était tellement évident ! Des nuages rôdaient au-dessus de la ville. C'était certain, elles allaient se mouiller les demoiselles ! Vite m'abriter dans la voiture. Juste le temps de fermer la portière et voilà la pluie qui tombe ! Finalement elles reviennent vite se protéger dans l'auto et je suis très heureux de ce changement de programme. À peine vingt minutes j'ai attendu ! J'aurais pu patienter des jours et des jours pour voir les yeux de Mya. En remerciement, Mya m'a offert un T-shirt I love Mauritius. J'étais un peu moins rouge, je l'ai remercié en fixant ses yeux verts. Une fois ramenées chez elles, j'ai à nouveau soutenu le regard de Mya. J'étais amoureux. Très amoureux. Trois mois après, je suis revenu en vacances la revoir sur son île.

*

Et nous nous sommes mariés en début d'année 2007... à Cap Malheureux. Dans cette église au toit vermillon clair, je revois Firmine fière et si joyeuse dans cette fête tant désirée et toi dans cette si belle robe. Je t'aimais et je t'aime toujours. Qu'allons-nous devenir Mya ? S'il te plaît, reviens.

J'avais donc quitté la France. Cela a été compliqué d'avoir un Resident Permit, mais mon mariage et mon opiniâtreté ont payé. Firmine avait un modeste campement[7] les pieds presque dans l'eau à Tombeau Bay et nous l'a offert comme cadeau de mariage. Quel cadeau ! Nous l'occupons dorénavant. Il est très mignon avec ses pierres apparentes et sa vue sur l'océan. Il n'est pas totalement retapé, mais qu'importe ! J'ai trouvé assez rapidement un travail dans une agence de Publicité. Une belle vie s'offrait à nous.

Le virage était pourtant bien signalé, mais bon ! il a fallu que j'aille tout droit dans ce champ de canne à sucre où une fumée noire, déjà, s'élevait dangereusement. Un autre accident ? Michel Piccoli ? En fait le champ était en feu, on l'allume pour que le ramassage et la coupe de la canne à sucre soient plus faciles et rapides ! La fumée a commencé à encercler la voiture avant d'y pénétrer. Brusquement l'habitacle s'est saturé de ces vapeurs âcres et des flammes aussi. Je toussais beaucoup, je ne voyais plus rien, j'étouffais, je brûlais, quand soudain j'ai senti qu'on me prenait la main. Une toute petite main. Il était seize heures et trente-cinq minutes.

*

2011… c'était mon amour de Cédric qui me signifiait que l'école était finie.

Nous sommes repassés place de la Comédie et je ne sais pas trop pourquoi j'avais envie de glace. Mon fils aussi maintenant en réclamait à grands coups de bisous sur ma main. Deux cornets dont l'un à une boule et l'autre à trois boules… « Vanille, comme le petit ! »

Et nous sommes rentrés à l'appartement. J'ai commencé à ranger un peu les affaires qui traînaient et j'ai laissé jouer Cédric avec son vaisseau intergalactique. Une fois le désordre apaisé, je me suis plongé

---

[7] Campement : maison de bord de mer, pas nécessairement les pieds dans l'eau.

dans la lecture d'un petit dépliant pour les parents perdus, et particulièrement les pères qui ont la garde de leur enfant[8].

Cette lecture m'a rassuré en tant que père et veuf. Mon fils est dans la normalité et c'est parfait. Mya serait heureuse de savoir cela. Depuis que Mya n'est plus, non seulement je me sens seul pour élever notre enfant, mais malade à en crever qu'elle ne soit plus dans ma vie. Elle me manque à un tel point que je vais être obligé d'aller voir un psy pour me faire aider. Tout me manque, c'est infernal. Souvent j'ai des idées noires et de fait, mon docteur m'a prescrit des pilules anti-mélancolie. Ainsi, je m'accroche à la vie grâce à ce petit homme qui me donne la force et à quelques molécules. Mais je pleure, je pleure souvent et devant lui, ce n'est pas bien. Alors, je lui dis que j'ai mal aux dents et pour changer, aux pieds !

Une compagne serait la bienvenue, mais Cédric n'en veut pas, il attend sa maman. Quelle idée de lui avoir dit qu'elle était partie en voyage avec d'autres sirènes ! Il commence à être long son voyage ! Et je ne sais plus quoi lui dire. Si seulement Firmine était près de lui ! Mais elle ne quittera pas son île et comme je la comprends. Pour moi cela a été un déchirement de partir de l'île Maurice, mais je ne pouvais plus habiter sur cette île où les souvenirs se ramassent à la pelle, où partout où je me trouvais, le fantôme de Mya me fixait lascivement.

---

[8] *À 4 ans, votre enfant connaît davantage ses goûts et ses intérêts. Il est donc davantage capable de s'affirmer et de donner son opinion. Il commence également à savoir comment résoudre les problèmes et les difficultés. Il développe de plus en plus sa personnalité et peut argumenter pour obtenir ce qu'il veut. Il sait qu'une mauvaise action entraîne une réaction négative. Il est maintenant capable de comprendre qu'il a pu blesser ou faire de la peine, et trouver des moyens pour réparer son geste.*
De plus, votre enfant comprend maintenant mieux ce à quoi les autres pensent et ce qu'ils ressentent. Puisqu'il peut davantage tenir compte des autres, il coopère mieux et participe à des jeux simples en petit groupe. Il prend plaisir à collaborer à un projet collectif et il est capable d'anticiper les résultats avec plaisir et excitation.
Au quotidien, il aime beaucoup aider : mettre la table, ranger des vêtements, passer le balai. Il peut donc assumer certaines petites responsabilités adaptées à son âge dont il sera fier.
Un enfant de 4 ans peut faire des phrases complètes et décrire ce qu'il vient de faire ou un événement assez récent. Votre enfant peut sautiller sur un pied puis sur l'autre. Il aime grimper et glisser, et il maîtrise assez bien ses mouvements. Il aime faire des constructions et sait se servir de ciseaux, copier certaines lettres, écrire son nom et colorier sans dépasser les contours. Il peut suivre le rythme de la musique. Il montre probablement une préférence pour certains types de jeux et pourrait garder cette préférence pendant des mois. Il peut se nourrir seul et s'habiller presque tout seul. (Source Wikipédia).

À Montpellier, c'est tellement loin ! Et puis autres décors, autres pensées même si la valise que vous traînez, emporte toujours avec elle tous vos emmerdements !

— Papa, en attendant que revienne maman, on pourrait peut-être inviter grand-mère à l'appartement ? J'aimerais bien lui donner des dessins que j'ai faits pour elle…

— Mais tu sais bien qu'elle ne veut pas voyager, mon trésor. Alors, on lui enverra.

— Et si nous, nous allions la voir ? Hein !

— C'est envisageable mon lapin, mais pas dans l'immédiat, je n'ai plus de vacances.

— Tu n'auras plus jamais de vacances ?

— Bien sûr que si j'en aurais, mais seulement dans trois ou quatre mois. Tu devras patienter. Allez, joue encore ! Il n'est pas encore l'heure de dîner.

— 'rci p'pa.

Je regarde le courrier du jour… Une seule lettre de l'île Maurice… Du Central Civil Status Office qui me demande de contacter l'hôpital où a été constaté le décès pour qu'ils leur fournissent un nouvel acte de décès, mentionnant précisément l'heure de la mort de Mya. Je n'y crois pas !... Cinq mois après le décès, il faut leur fournir encore des papiers ! Je leur téléphonerai demain. Moi, je me souviens bien… Le 7 décembre 2010 au Longe Mountain Hospital de Crève-Cœur où Mya est partie à 22 h 05 ! CRÈVE-CŒUR, tout un symbole.

— Putain de vie de merde ! Excuse-moi Cédric ! Allez, lave-toi les mains, nous allons dîner. Demain, comme il n'y a pas d'école, car c'est férié, nous irons dans la Réserve africaine de Sigean puis à la plage si nous avons le temps. On va voir de gros lions, de grandes girafes et plein d'autres animaux sauvages, je suis certain que tu vas aimer. Et puis tu es un homme maintenant, alors tu n'auras pas peur ?

— Non, p'pa.

— Elles sont bonnes les nouilles ?

— Oui, p'pa.

« Vous savez Damien, le savoir est inopérant ! » m'avait répondu sèchement le psy quand je lui avais demandé pourquoi Mya était morte, pourquoi ELLE ?

Alors, vous m'êtes inutile, avais-je répondu ! Et je l'avais remercié en abrégeant la séance, avant de m'enfuir de son cabinet pour me réfugier dans le studio photo où je travaillais. J'étais un peu honteux de ce comportement, mais en même temps j'ignorais ce qu'était un psychiatre, ce qu'était une première journée de thérapie, ce que c'était d'entendre une certaine vérité. Cet homme a peut-être raison, mais je me refuse de l'admettre, c'est comme ça. En gros « Putain de vie de merde ! » Peut-être irais-je consulter à nouveau ?

Depuis ce jour-là, notre fils et le travail me tiennent la tête hors de l'eau. En ce qui concerne mon job, mon boss, qui comprend bien mes problèmes, m'a autorisé à travailler chez moi quelque temps. Ainsi, Cédric et moi passons plus de temps ensemble.

— 'rci p'pa.

— Merci Boss.

Mais qu'est-ce que j'en ai un marre de douter en permanence de mes capacités à éduquer Cédric ? Je suis trop seul Mya à m'occuper de lui ! Non, je n'aurais pas de nounou ! Mya, tu fais chier, à quoi on ressemble tous les deux maintenant que tu es partie ! Deux ombres et pas de soleil… Ce n'est pas normal tout ça !

Tu te souviens Mya de notre premier baiser ? Tu t'en souviens ? C'était à Grand-Bay, un soir au Banana Café où nous nous sommes retrouvés ? Tu m'avais dit il n'y a pas de hasard, il n'y a que des rendez-vous, et tendrement tu m'avais embrassé sur la joue… Moi je m'en souviens bien, même que c'était Coldplay et Chris Martin qui chantait Viva la vida ! Ce soir-là, l'amour s'était invité et c'était vachement bien. Et voilà que tout s'est arrêté il y a presque un an, cette putain de fin d'année 2010 !

Tous les examens durant ta grossesse et lors de ton accouchement en cette fin d'année 2008 n'avaient pourtant rien révélé ! Rien de suspect ni pour l'enfant ni pour toi ! Et puis à l'aube de Noël 2010, à seulement 34 ans, cette rupture d'anévrisme qui te foudroie et qui t'emporte sans prévenir ! Et nous, nous pleurions, nous hurlions, nous étions fous de haine. Vite, il y a eu l'incinération au crématorium de Bain-Bœuf et dans la foulée notre déménagement à Montpellier où nous nous sommes réfugiés Cédric et moi. Il allait avoir 4 ans.

Pas très loin de chez moi à Montpellier, il y a une Agence de voyages Havas. Sur la vitrine principale, il y a une grande affiche sur laquelle une femme, très belle et souriante, pose devant un lagon cristallin. Le slogan est VOYAGEZ AVEC NOUS ET RÉALISEZ VOS RÊVES LES PLUS FOUS !

Pas un seul client dans l'agence… seulement 2 hôtesses derrière des bureaux en verre. Je choisis la plus belle et elle se nomme Charlotte… C'est écrit sur son badge. « Je voudrais un beau cadeau pour mon fils. Ma femme mauricienne est décédée et sa grand-mère lui a fait croire à Cédric – c'est mon fils – qu'elle est partie en longues vacances dans le corps d'une sirène ! Bien entendu cette situation est devenue intenable, car il a quatre ans ! Je crois que pour stopper ce mensonge il faut mentir de nouveau et… J'ai besoin de votre aide. »

— Expliquez-moi calmement ? me dit l'hôtesse jolie.

— En plus du séjour à Maurice pour l'enfant et moi, j'aimerais qu'une sirène soit disponible !

— Une sirène ?

— Oui, dans l'eau avec sa queue de poisson, ce sera bien sûr une comédienne. Elle sera la doublure de sa mère !

— Mais notre agence ne s'occupe pas de cela !

— Je croyais que les rêves étaient de votre compétence ?

— Oui, mais essentiellement dans le domaine du voyage.

Mais c'est un complément de voyage ! Non !

Je n'ai pas insisté, je me suis levé, tristement. J'ai remercié Charlotte, salué l'autre hôtesse et je suis parti me perdre dans la foule de la Grand Rue Jean Moulin. « Attendez, attendez Monsieur ! » Je me suis retourné et j'ai vu Charlotte qui me courait après. J'ai stoppé net ma marche.

— Oui, mademoiselle, j'ai oublié quelque chose ?

— Non, non, pas du tout c'est juste que j'ai envie de vous aider. Votre recherche est déroutante et si belle ! Il se trouve que nous avons d'excellents rapports avec nos collègues mauriciens. Expliquez-moi tout en détail.

— Et si nous déjeunions ensemble ? Je pourrais vous expliquer tout cela calmement. Bien entendu si vous êtes disponible !

— J'avais Pilates à douze heures trente, mais bon, votre demande est si particulière, que j'accepte cette invitation. Tant pis pour la gym et puis j'ai mal aux ischio jambiers !

J'avais envie de lui dire qu'elle n'avait pas besoin de faire de l'exercice pour être belle, mais je me suis tu. « OK, je viens vous chercher à douze heures et trente minutes »

— Super ! Monsieur, comment ?

— Damien, je suis Damien.

Retour Rue des Etuves et changement de tenue, je fais vraiment trop grunge et ce n'est pas très cool… À bientôt quarante ans, le jean déchiré, ce n'est plus trop trendy !

La place de la Comédie est remplie de monde. Beaucoup de touristes dans le petit train. Encore trente minutes à attendre et je reverrais Charlotte. Je réserve une table pour deux dans un restaurant place de la Canourgue.

Et la voilà, superbe, dans son petit uniforme d'hôtesse, vraiment elle est très belle !

— Encore merci de vous être libérée pour moi !

— Pour être franc, votre histoire me passionne. J'aimerais bien la connaître dans son entièreté.

— Alors, asseyons-nous.

Pas d'entrées, juste une flûte de champagne avec des toasts au caviar d'aubergines. Après ce sera un tartare de thon. Nous choisissons la même chose ! Le rosé est frais, une terrasse du Larzac superbe. Le déjeuner se passe dans la quiétude et la curiosité. Alors je lui explique ma vie, la mort tragique de Mya et mon rêve. Je vois à ses yeux qu'elle y croit de plus en plus. « Que Cédric va être heureux si ça marche ! » me dit-elle en esquissant un sourire complice.

— Et pourquoi Montpellier ?

— Une Agence Photo cherchait un photographe et puis il y a la mer juste à côté. Ce n'est pas la mer que je préfère, mais bon ! Pour le petit c'est bien.

— Je comprends.

Déjà quatorze heures !

Elle s'excuse, mais doit retourner à l'agence. Je l'appellerai en fin de soirée. Nous échangeons nos numéros de portables !

Vite ce soir, j'ai hâte de l'entendre à nouveau…

J'ai passé mon après-midi dans les légumes à prendre des packshots [9]. Courgettes, concombres, haricots verts, et pleins de salades vertes…, j'ai eu droit à tout un jardin ! Que c'est insensé parfois ce métier ! Mais bon, c'est du travail et cela rapporte. Dont acte.

Vingt heures et quelques minutes… Charlotte !

— Hello Damien.

— Hi Charlotte.

— Si je peux me permettre, physiquement, elle était comment votre femme ? Vous auriez une ou des photos à me montrer d'elle ? Il va falloir rechercher dans les agences de mannequins mauriciennes.

— J'ai des photos d'elle et je vous les apporterai demain, si cela ne vous dérange pas. Je passerai à l'agence en fin de matinée. Peut-être qu'un déjeuner en suivant est envisageable ?

— On verra, la nuit porte conseil ! (Rires).

Elle raccroche !

Avec Cédric nous avons avalé du jambon/purée avant que je l'accompagne dans sa chambre il devait être vingt et une heures trente ou quelque chose comme ça, mais c'est sans importance… Du coup, je me suis posé devant le téléviseur et j'ai regardé une vieille série datée de 1984 qui passait sur M6, « L'agence tous risques ».

Et c'est là que j'ai eu une révélation. Il s'appelait Barracuda (Mister T) et avait une phobie de l'avion. À chaque voyage en avion, ses amis

[9] Le packshot est une photographie de haute qualité d'un produit sur un fond le plus souvent uni servant à présenter le produit sur catalogue ou sur un site web.

devaient l'endormir pour qu'il ne se rende compte de rien. Et si on faisait pareil pour grand-mère Firmine ? Je me suis surpris en train de pouffer de rire.

Puis je me suis endormi une nouvelle fois sur le canapé. J'ai rêvé à Mya et à Charlotte aussi et aux seins d'une des deux, ce devait-être Charlotte.

Huit heures et trente minutes... Cédric rentre en classe et pour une fois il est à l'heure. C'est moi qui suis toujours en retard !

Bisous et à ce soir !

Elle ne pouvait pas déjeuner avec moi. Très déçu, je lui ai quand même remis une dizaine de photos de Mya. Elle m'a seulement dit qu'elle « était jolie » et que « son décès était une tragédie. » Je l'ai remercié, et comme à mon habitude, je suis allé m'égarer dans les rues de la ville. La librairie étant fermée – je suppose pour le déjeuner – j'ai marché et marché jusqu'à ne plus savoir vraiment où je me trouvais dans la ville. Plus de macadam, c'est sur une terre boueuse que je cheminais désormais. Et puis, soudainement, un bassin, rempli de Flamants roses et de canards sauvages s'offrait à moi. C'était tellement beau, que je me suis approché près de l'eau, trop près sans aucun doute, car je suis tombé dedans. Les oiseaux s'envolèrent. De vagues venues de la côte me poussèrent vers une barrière de corail aux reflets roses et blancs. C'est précisément à cet instant que j'ai entendu Mya me crier des « Attention ! » et qu'une lame violente me plaqua tout au fond d'un lagon. J'ai senti alors sur ma peau les griffures des coraux. Et l'explosion, aussi ! J'ai senti alors un bras me saisir par le col de ma vareuse et me soulever hors de l'eau avec force... J'ouvris les yeux... C'était un lieutenant ou quelqu'un comme ça qui venait de me sauver la vie. J'étais dans une flaque d'eau au fond d'un trou d'obus... Vivant ! En plein milieu d'un immense champ de bataille où des soldats hurlaient, des soldats, tous saouls, qui couraient de partout avant de se faire tuer ! Pas de brancardier, pas de médecin, le lieutenant parti, plus de vie... je suis resté ainsi plusieurs heures au milieu de ce déluge de feu, dans la fumée et les cadavres partout écorchés dans la boue. Plus à l'est, des barbelés, et sans doute un miracle, au milieu du chaos, quelque chose qui bougeait… Alors je l'ai vu, avec du sang aussi… une femme, qui essayait de se dépêtrer de cet enfer d'acier coupant. Je me suis approché d'elle, tout près. Je lui ai ôté la gadoue et le sang sur son visage, et je me suis évanoui. Mya ! C'était Mya !

J'ai vite repris connaissance… Mya haletait et pleurait en même temps… Elle avait très mal. Elle ne m'a pas reconnu, car j'étais couvert également de la même fange et du même sang qu'elle. Un à un, j'ai écarté les fils de fer barbelés et longtemps après j'ai pu enfin la délivrer. Je l'ai étendu à même le sol et j'ai regardé ses blessures… Un petit éclat d'obus qui débordait de son ventre et des écorchures sur tout le corps. L'éclat n'ayant pas pénétré beaucoup la chair, je l'avais retiré à la main maladroitement. Mya gueulait ! Qu'est-ce qu'elle gueulait ! J'ai sorti de ma poche un mouchoir et j'ai fait une tentative de compresse. Ce sont ses cris qui attirèrent l'attention d'un duo de médecins français qui comptait ses morts. On l'emmena sur une civière jusqu'au bivouac le plus proche. Grossièrement on la soigna sous la lumière de phares. Dans une semaine, elle pourrait peut-être repartir au combat ! Ça m'étonnerait !

*

Le lagon m'a recraché à la fontaine qui jouxte la librairie de Lise. L'eau était tiède. Deux pigeons, surpris, m'ont regardé sortir de l'eau… Des pigeons aimables. Lise est accourue rapidement.

— Mon Dieu, Damien, ça va ?

— Oui, ça ira… Ce que je suis heureux, d'être de retour ! C'était terrible, du feu, des tirs partout, si vous saviez Lise ?

— Et vous avez raté votre sortie !

— Oh ce n'est rien ! Et puis Cédric m'attend !

Je suis donc rapidement allé à l'appartement me changer. 16 h 30… Voilà l'école enfin !

— Salut jeune homme.

— 'alut p'pa.

— C'était bien l'école !

— Oui, p'pa.

— Très bien, cela te dirait d'aller au cinéma ?

— Oui, p'pa.

— OK, alors on va aller voir Les Enfants loups, Ame et Yuki.

— Mais il y a des loups ?

— Je serai à côté de toi, t'inquiète ! Allez, dépêche-toi de te changer, tu as du sable partout. Le film va commencer sans nous si nous n'accélérons pas.

— P'pa c'est quoi toute cette boue et ce rouge sur tes vêtements dans la salle de bains ? Tu étais dans les champs cet après-midi ?

— En quelque sorte mon fils…

— On mangera une glace ?

— Oui.

Ce film d'animation a bien plu à Cédric même si parfois il a eu un peu peur. Les loups ! Alors je lui pressais la main doucement et tout allait mieux. Puis nous sommes rentrés ! Ce soir, steak et frites cuites au four. Pas de nouvelles de Charlotte, j'avoue que je n'aime pas ses silences. Je boirais bien une bouteille de Cognac !

— Bonne nuit et plein de beaux rêves mon amour !

— 'rci p'pa ! Toi la même chose.

Les vacances de Cédric sont proches et je dois absolument régler ce problème de sirène avec Charlotte. Mais pourquoi elle ne m'appelle pas ? Je m'endors tardivement avec deux Lexomil.

Ce n'est pas vrai, à peine huit heures !

— Bonjour, Damien, c'est Charlotte d'Havas !

— J'avais reconnu votre voix… Bonjour ! Vous n'êtes pas un peu matinale ?

— Je vous réveille, c'est ça !

— Euh ! non, non.

Vous ne m'inviteriez pas à déjeuner par hasard, ce serait bien que nous nous parlions. Remarquez que je peux vous inviter moi aussi ! L'idée serait que l'on se voit.

— OK, Charlotte je vous invite à Maguelone, les pieds dans l'eau, mais pas aujourd'hui, Cédric à une sortie pédagogique et je fais partie du voyage. Disons après-demain, car vous travaillez samedi, je pense. On dit onze heures dimanche, j'aurais mon fils avec moi et nous, nous n'aurons pas de contraintes d'horaires… La dernière fois, place de la Canourgue, j'étais très malheureux de vous voir repartir à l'agence.

— Malheureux, à ce point-là !

— Eh oui.

— Bon, c'est OK pour après-demain. Vous pourrez venir me chercher, ma voiture est chez le garagiste ? On m'a crevé les 4 pneus cette nuit. J'en ai marre si vous saviez !

— Ne vous tracassez pas de trop, ils n'en valent pas la peine !

— Qui, les pneus ou les voyous qui on fait ça ?

— Les pneus (Rires).

— Onze heures devant la piscine olympique d'Antigone, OK ! À demain, Damien.

— C'est d'accord. Salut Charlotte. J'allais lui dire « plein de bisous », mais je me suis retenu juste au dernier moment.

J'ai passé un beau samedi et bien entendu beaucoup pensé à Charlotte. En fin d'après-midi, nous sommes allés, Cédric et moi, à l'Aquarium Mare Nostrum d'Odysseum. Pendant presque deux heures, Cédric, les yeux collés à la vitre, a rêvé que sa mère allait apparaître au milieu des poissons. J'ai dû lui expliquer que l'île Maurice c'était loin et qu'il était difficile pour sa maman de nager aussi longtemps. Il me semble qu'il ne m'a pas cru. Puis nous sommes rentrés à la maison pour jouer. L'après-midi fut paisible et tendre. Finalement la journée s'est déroulée vite. Ce soir, pas besoin d'anxiolytique. Ma nuit sera douce !

Au dîner, Cédric a piqué une colère quand je lui ai servi du poisson pané. Je n'aurais pas dû lui dire « poisson ». Et si c'était maman ?

Je lui ai vite servi des concombres, ceux que j'ai pris en photos l'autre jour. Cela dit, j'ai dû bien les laver, pour enlever toute trace de vernis et de laque qui avaient servi à rendre la cucurbitacée brillant comme un diamant. Il a tout mangé. Je sais que durant toute sa vie Cédric ne mangera plus de vertébrés aquatiques. Je culpabilise !

Mais la nuit fut effectivement douce malgré de temps en temps des flashs de Mya.

Je me suis servi un café très serré.

— Allez Cédric prépare-toi on va à la plage avec une amie qui se prénomme Charlotte. Tu t'amuseras chez Mickey pendant que nous irons au restaurant.

— 'rci p'pa c'est chouette. C'est une amie de maman, cette Charlotte ?

— Pas exactement.

— Je la connais ?

— Non je ne crois pas, tu verras elle est gentille !

— Je pourrais me baigner ?

— La mer est fraîche en ce moment, ce n'est pas encore l'été... Mais tu verras avec ta monitrice.

— N'oublie pas le râteau comme la dernière fois... Et ton maillot de bain.

— Non, p'pa.

J'ai réservé une table au *Carré de Mer* à Maguelone. En dix minutes nous y serons. Mais en attendant, je dois aller la chercher. Le parking de la piscine n'est pas plein et je m'y stationne, car je ne la vois pas... Dix heures et cinquante minutes je suis en avance ! Et les minutes passent et le petit, derrière, commence à s'impatienter. Enfin elle arrive ! J'ai le cœur qui s'accélère et j'ai la sale impression que je suis au bord de l'évanouissement. Pourtant, il faut que j'assure ce second rendez-vous. Jean délavé, T-shirt en lin beige, sneakers New Balance, sac Longchamp, coupe au carré... Elle est vraiment superbe.

— Bonjour, Charlotte.

— Bonjour vous deux.

Charlotte, je vous présente Cédric, 4 ans, mon fils ! Et voici mon amie Charlotte !

— Bonjour jeune homme. Qu'est-ce que tu es mignon et grand !

— B'jour madame, 'rci.

— Bon on y va ?

Direction le club de plage Mickey de Maguelone, pas loin du restaurant. Ce sera parfait, nous pourrons parler de Mya et de Firmine sans qu'il nous écoute et être près de lui en même temps. De toute façon il a une monitrice qui s'occupe de lui. Un bisou vite fait, et il disparaît derrière une grande toile de tente rouge avec Pluto et Minnie. La monitrice c'est Minnie.

Ça commence mal… Une mouette ou un « putain » de goéland vient de lâcher une fiente en plein sur mon Sweat-shirt. Rires autour de moi, surtout chez les enfants du club. Charlotte me tend un kleenex pour que j'enlève le plus gros et elle s'étouffe de rires ! Gêné au possible, j'ai envie de creuser un trou dans le sable et de m'y enfouir. Je n'ai pas de pelle !

— La table vous convient-elle, monsieur Damien ?

— C'est parfait je vous remercie. Vous pouvez nous apporter la carte des vins s'il vous plaît ?

— Tout de suite Monsieur.

— OK pour du champagne ? Un hochement de tête de Charlotte me suffit et je commande.

Le repas sera aux fruits de mer essentiellement. Visiblement la belle adore cela, tout comme moi. Oublié le guano, parlons de la sirène, nous sommes là pour ça.

— Comme vous… on pourrait peut-être se tutoyer ? Tu en penses quoi ?

— Oui bien sûr, me répondit-elle en rosissant un petit peu.

— Donc, comme je te l'ai déjà dit, ma femme Mya et maman de Cédric est décédée tragiquement à Maurice. Nous avons emménagé à Montpellier, l'île étant devenue pour nous intolérable. Nous vivons désormais que tous les deux ici. Le problème est que sa grand-mère mauricienne lui a fait croire que Mya est devenue sirène et qu'elle vit dorénavant dans l'océan Indien près des côtes de l'île Maurice. Tu imagines… sa mère est devenue une sorte de poisson ! C'est injouable à terme, l'enfant n'est pas idiot ! Donc il faut trouver une fille qui ressemble à Mya et qui, habillée en sirène, pourrait nager sous un bateau à fond de verre où serait installé Cédric. Elle devra faire comprendre au petit que c'est un au revoir définitif. Ce sera dur pour Cédric, mais bon il ne peut pas passer sa vie en ayant une mère sirène ? Excuse-moi, je sais que c'est compliqué à expliquer, mais bon !

— Ça va ne t'inquiète pas ! Je comprends la situation. Une fille belle, ressemblant à Mya, jouera la sirène, sur le fond de l'océan, tandis que Cédric assistera au spectacle depuis un bateau à fond de verre. Tu oublies quelque chose, elle devra savoir nager en apnée assez longtemps. Inenvisageable en effet de porter des bouteilles de plongée (rires).

— Tu as raison et cela ne va pas être facile à trouver.

— Mais comment va-t-elle faire pour communiquer et dire qu'elle va s'en aller à jamais ?

— Pas la moindre idée, je vais y réfléchir.

— De mon côté, j'ai commencé à chercher chez Havas si nous connaissions des mannequins et autres relations, susceptibles de jouer ce rôle… Pour l'instant rien ! Mais bon, on va insister et on va bien finir par en trouver une. Tu sais Damien, des comédiennes qui jouent le rôle de sirènes, il y en a de plus en plus. Même dans les aquariums il y en a !

— Pas à Montpellier Odysseum, nous y sommes allés l'autre jour !

— Peut-être pas, mais dans d'autres grandes villes certainement. Faudrait chercher sur Google.

— Tu as raison. Peut-être qu'il y en a une à Maurice ?

— Même plusieurs, pourquoi pas, après tout ! Plus je regarde tes photos, plus je trouve ta femme belle… Vraiment belle ta Mya !

J'ai failli lui crier qu'elle aussi était très belle et que l'autre était morte, mais je me suis tu comme la palourde que je venais d'avaler.

Alors, nous avons parlé d'elle, un peu, juste pour que je sache ! C'était une Parisienne qui en avait eu marre de cette vie passée à courir sous un ciel trop souvent bas. Elle avait 27 ans, séparée depuis un an, et terriblement seule ! Un poste se libère chez Havas à Montpellier et hop ! La voilà dans le sud.

Décemment, je ne pouvais pas la draguer, mais Dieu sait que j'avais envie d'elle. Mais Mya dans tout ça !

Sont arrivés, pour Charlotte, une mousse au chocolat, et pour moi, un Tiramisu. C'était bon et du coup nous avons fini la bouteille de champagne. Charlotte avait la tête qui commençait à tourner alors nous sommes retournés chez nous, à Montpellier. Cédric était heureux comme tout. Il nous a offert des coquillages et même des petits galets gris.

Je l'ai déposé juste devant chez elle et nous nous sommes embrassés. Oh, ce n'était pas un baiser à la Robert Doisneau, non ! Juste un baiser sur la joue. Cédric nous regardait.

J'ai dû passer les semaines suivantes à faire de nombreux shootings photo. J'étais vraiment débordé. Je n'ai pas revu Charlotte pendant au moins trois semaines. Elle me manquait. Alors nous nous téléphonions sans arrêt pour évoquer notre vie quotidienne, mais aussi pour confronter nos recherches de sirènes. J'en avais trouvé en Europe, bien entendu, mais aussi une à Madagascar – plus proche donc des frais moins élevés. Problème, elle avait la peau noire tandis que Mya avait la peau teintée comme du thé clair. Charlotte de son côté avait un contact à l'île Maurice, une Indienne qui se prénommait Maely, et qui était une apnéiste reconnue. Nager avec une fausse queue de poisson ne la gênait pas apparemment. 25 000 roupies mauriciennes la journée. À voir ! Et nous l'avons vu Charlotte et moi. Sur son site web des vidéos de Maely, évoluant dans l'eau. Elle était jolie et agréable à regarder danser dans l'océan. Sans la queue de poisson, tout était beau et fluide. Mais il a fallu qu'elle fasse un essai, affublée de cet appendice écaillé. Cela ne nous a même pas fait rire ! C'était juste pathétique. Maely exit… En plus elle portait un masque ! Manquait juste le tuba… Et un bonnet rouge ! Bref, toujours rien.

Charlotte me manquait toujours plus. À Cédric aussi, mais pour d'autres raisons… Il avait trouvé une autre camarade de jeu. Charlotte était déjà venue à plusieurs reprises à l'appartement pour dîner ou bien partager nos recherches. J'aimais bien quand elle était là, j'aimais cette présence féminine, mais toujours le bisou sur la joue ! Cela m'exaspérait qu'elle ne soit pas tentée par une aventure avec moi ou simplement que je n'étais pas son type d'homme. Mya ! Elle ne veut pas de moi ! Jusqu'au jour où nos mains se sont frôlées en jouant au Mikado. Frôlées, puis caressées et finalement pressées.

Cédric avait vu toute la scène, mais cela m'était égal...

Plus de baiser sur la joue, c'était les lèvres maintenant ? J'étais soulagé d'un grand poids. J'avais retrouvé mon équilibre amoureux. Et Mya dans tout cela !

Je suis allé trouver mon patron pour qu'il m'autorise exceptionnellement à poser des congés. Bien sûr j'avais déjà tout pris, mais bon, c'était pour la bonne cause. Il m'a accordé 7 jours au mois de juin et j'étais tellement heureux que je l'aurais embrassé. Une poignée de main a suffi. Plus que deux mois à trouver la perle rare qui mettra un terme à Mya jouant la femme mythique. J'ai annoncé la nouvelle à Cédric en lui disant que bientôt on irait voir Firmine et sa maman sirène. Charlotte s'est occupé de réserver les places. Départ le treize juin et retour le dix-neuf du même mois. Plus qu'un mois à trouver une sirène et à rédiger un scénario bien ficelé. Je vais écrire à Firmine et lui expliquer le projet en espérant qu'elle le trouve bon et surtout qu'elle soit d'accord.

En sortant de l'agence, j'ai décidé d'aller acheter un cadeau pour Charlotte. Pas un bijou, mais un truc sympa. Je suis allé au Centre Commercial Polygone et j'ai fait les boutiques. Je suis rentré chez Bensimon et je lui ai acheté un T-Shirt marinier en jersey coton. Pour la taille, j'ai pris XL à cause des seins. De toute façon elle pourra l'échanger.

En rentrant à l'appartement avec Cédric, Charlotte nous attendait sur le pas de la porte !

— Oui je sais, dit-elle, j'aurais dû te téléphoner, mais bon, je passais dans le coin. Cela fait à peine cinq minutes que je suis là !

— Tu as bien fait, je voulais tellement te voir ! Tiens, un petit cadeau !

— Mais fallait pas, Damien !

— Mais si, cela me fait vraiment plaisir.

— Waouh, il est super ! Merci.

Elle m'embrassa.

Elle a passé la soirée avec nous et est allée même accompagner Cédric dans sa chambre… L'heure du marchand de sable était venue.

Une fois l'enfant endormi, elle s'est lovée contre moi dans le canapé. Bref, et tout et tout et tout, et on a fait l'amour et du coup elle est restée dormir. C'était bien comme avec Mya, sauf que Charlotte avait de plus gros seins. En plus, j'adorais sa petite cicatrice sur le ventre comme celle de Mya. Une cicatrice horizontale si fine ! Je ne sais pas si nous nous sommes dit que nous nous aimions cette soirée-là, mais on en était pas loin. Elle a passé la nuit avec son nouveau T-Shirt sur elle. Je l'ai pris en photo tellement elle était mignonne.

Et Mya dans tout ça ?

Au moment de nous séparer, je lui ai demandé si elle accepterait de poser nue pour moi ! Elle ne m'a pas répondu, mais m'a fait un superbe sourire. Le petit dormait encore.

À de nombreuses reprises, je suis retourné voir Lise à sa librairie pour me changer les mauvaises idées, mais au dernier moment je renonçais toujours à pénétrer dans les allées. Mya, Charlotte ! je le vis mal, je suis totalement perdu. Peur de l'inconnu, peur de moi. Et puis un après-midi je me suis décidé quand même à aller découvrir une autre allée, toujours à gauche, mais au fond du magasin cette fois. Lise m'avait pourtant prévenu !

— Couvrez-vous bien et faites attention, le cyclone Fiona de classe II arrive sur Maurice !

Un vent furieux, des vagues insolentes, nous sommes en janvier 2008 et Fiona est dans le coin, c'est sûr. J'ai senti les premières gouttes et les premières rafales sur le petit parking de Cap Malheureux. Mya s'accroche à moi et rit. « On s'en fiche du cyclone ou de cette tempête », crie-t-elle. « On s'aime et on se marie aujourd'hui, rien ne nous arrêtera ! ». Nous rejoignons vite les invités déjà abrités dans la petite église au toit si rouge ! C'est ici que sera célébré l'office religieux. Tout le monde s'amuse de cette perturbation, un clin d'œil au destin sans doute. Ce que j'aime moins, c'est que mon costume soit tout fripé maintenant… Et je ne parle pas de ma coiffure ! Mais Mya s'en fiche là aussi ! Le curé téméraire expédie quand même le mariage, mais bon, nous comprenons. Le « OUI » protocolaire et « la remise des alliances » sont à la limite d'être bâclés, mais nous en rions. Depuis notre arrivée l'alerte cyclonique Fiona est montée à III. Il est vraiment grand temps de partir et de rejoindre Port-Louis. Ce que nous avons fait, malgré l'interdiction de circuler, la vingtaine d'invités et nous.

En rejoignant les voitures, les chapeaux et les voilettes s'envolèrent tels des sternes empressées. Nous avons ri encore et encore !

Le mariage civil ayant eu lieu le matin même à la mairie de Port-Louis – Place de la Victoire – et Fiona rôdant dans le coin, la cérémonie fut sobre et courte et le maire gentil… telle qu'on la désirait. La journée s'annonçait belle ! J'avais loué pour Mya, une robe de chez Dolce & Gabbana absolument extraordinaire… Des pivoines mauves immenses sur un tissu immaculé et en guise de ceinture un nœud géant en tissu de couleur bronze. Une robe de haute couture, que portait Mya avec beaucoup de classe ! Moi je portais un costume Hugo Boss plus classique, mais bon ! Pour une journée ! Finalement Fiona frôla l'île causant peu de dégâts.

La soirée se passait dans un restaurant de Port-Louis où le patron avait aménagé un dancefloor. Le repas était parfait et le Séga partout dans l'air que nous respirions. Tout le monde était ravi de cette cérémonie malgré le cyclone Fiona, devenu maintenant une tempête tropicale. À deux heures du matin nous sommes allés nous coucher Mya et moi tandis que les danseurs ont continué la fête jusqu'au petit matin, nous a-t-on dit ! Nous, on a fait l'amour !

Cette nuit-là j'ignorais que nous avions conçu un bébé. J'allais être papa !

Mya me l'annonça au bout de huit semaines… J'étais le plus heureux des hommes ! Nous sommes allés fêter cela au Banana café de Grand-Bay, le bar de notre premier baiser. Nous avons dansé une grande partie de la nuit avant de regagner Port-Louis. Peu fatigué, je n'ai pas accompagné Mya dans le lit, préférant aller marcher seul dans la grande ville. Personne dans les rues, c'était bien ! Et puis à l'angle ouest du Caudan[10] un Disc-Jockey jouait de la techno devant un public absent. J'ai trouvé cela curieux et je me suis assis sur une marche de l'amphithéâtre de plein air, normalement voué au cinéma, pour l'écouter jouer. Le disc-jockey m'invita à passer derrière les platines et à mettre un morceau de mon choix. J'ai mis sans hésitation « i'llbe around » des Spinners, un vieux morceau de 1972. Cette chanson a eu l'air de plaire au DJ et il s'est mis à danser… Et la foule est arrivée et tout le monde s'est empressé de tourner et de gesticuler. Puis j'ai délaissé les manettes pour moi aussi participer à la danse et j'ai tourné, gesticulé comme les autres. La chanson continuait sans fin ! Nous étions un millier ! Nous étions des milliers ! Tout le monde était très excité, mais moi cela m'a rendu malade. Alors j'ai quitté l'amphithéâtre et j'ai vomi légèrement puis je me suis tapi le long d'un yacht magnifique qui était amarré au waterfront. Un homme très élégant avec une casquette m'invita à monter à bord et me convia à pénétrer dans la salle des machines pour admirer le moteur. J'y ai vu un monstre noir qui tremblait de temps en temps. De la fumée parfois ! des odeurs de graisse et celle du fioul bien sûr. La force et la puissance se dégageaient de « l'animal ». J'avais peur et la tête me tournait encore plus, alors je me suis accroché à une pile de livres pour ne pas tomber. On m'a tendu la main et j'ai reconnu Lise au fond de sa boutique.

— C'était dur, Damien !

— Oui, mais c'était bien quand même. Merci, Lise !

Le mois de juin est arrivé très vite. Nous avions enfin trouvé une nageuse apnéiste prête à relever le défi. Elle se prénommait Rosalie. Elle habitait Maurice du côté de Goodlands. Ses vidéos étaient vraiment géniales et à 30 000 roupies la journée… le prix me semblait tout à fait raisonnable. Cédric était tout excité à l'idée de revoir sa sirène de mère et Firmine. Pour moi, ce voyage me paraissait

[10] Le Caudan Waterfront, c'est avant tout une destination culturelle qui propose à ses visiteurs une expérience inoubliable. Que vous soyez amateur d'histoire, passionné d'art et de théâtre, fin gourmet, fan de street food, de produits artisanaux ou de shopping.

compliqué. C'est certain que Charlotte y était pour quelque chose, mais bon la vie continuait.

Et puis Firmine avait validé mon plan de sirène, dans une lettre pleine d'amour et de chagrin.

Dans deux jours nous partons. Charlotte est un peu malheureuse, mais très vite nous serons de retour. Alors, je la console comme je peux... Des tonnes de bisous et plein de caresses. Elle est moins malheureuse après.

Comme elle n'a qu'un studio, elle va venir à l'appartement habiter. Elle attend la fin du préavis, dans deux mois normalement. Nous sommes de plus en plus amoureux et Hugo le ressent. Bien sûr il pense à sa sirène, mais a le sourire plus souvent. J'espère que le « plan » sirène va marcher, sinon ! Sinon l'enfant va souffrir encore plus longtemps bêtement. Firmine est d'accord et culpabilise un peu.

Le problème dans les voyages, ce sont les bagages à faire. Tellement nous emmenons d'effets personnels que la grosse valise est pleine à craquer. Je me souviens du caillou de lave et je souris ? Mya, je te revois vivante ! « Putain de vie de merde » ! J'espère Mya que tu ne m'en veux pas trop d'avoir rencontré Charlotte... Tu sais, elle est gentille et s'occupe bien de notre fils. Oui j'espère que cet amour naissant ne te rend pas triste, je t'aime toujours Mya !

C'est le jour du départ, nous sommes presque OK. C'est Charlotte qui nous emmène à l'aéroport. J'avoue que je suis très stressé, mais bon je ne le montre pas trop pour ne pas faire de la peine au petit. Plus que deux kilomètres et nous serons arrivés. Hugo joue avec un Airbus en métal que Charlotte avait sur son bureau. Je sens la main de Charlotte sur ma cuisse. J'aime !

Nous nous stationnons sur le parking longue durée. Je sens que je vais prendre un Lexomil, car je me sens fébrile. Charlotte me remonte le moral comme elle peut pendant qu'on file directement au bureau Havas. Secrètement elle espère nous surclasser !

— Bonjour, Catherine !

— Bonjour, Charlotte, et bonjour messieurs !

— Dis-moi ma jolie, l'avion est plein en classe affaires ?

— Attends je te dis cela tout de suite !

Alors, elle regarde sur son iMac et elle nous offre vite un grand et beau sourire. « Eh non, j'ai trois places de libres dont deux l'une à côté de l'autre ». Un désistement ! « Messieurs, je vous informe que vous êtes des hommes d'affaires. »

« Superbe, magnifique… Cédric, on va voyager comme des princes. »

— Merci, Charlotte, merci, Catherine, je ne sais comment vous remercier ?

— Moi je sais ! répondit Charlotte en rosissant une nouvelle fois. Je la regarde et je l'embrasse.

— Eh les amoureux faudrait peut-être se dépêcher, les enregistrements sont en cours… Je vais prévenir Marie, l'hôtesse d'accueil, au guichet affaires ! conclut Catherine avec toujours son immense sourire.

Ça y est, les bagages sont emportés en soute… Il n'y plus que la Police à passer.

Maintenant Charlotte a le regard sombre, je sens qu'elle a peur, de quoi, je ne sais pas, mais elle a peur ! « Qu'est-ce qui ne va pas ma belle ? » « Juste le fait que l'homme que j'aime s'en va à l'autre bout du monde, avec son fils, sur les traces de sa femme décédée et que peut-être il va m'oublier ! » me dit-elle.

— JE T'AIME beaucoup, Charlotte, et je vais vite revenir. Nous reprendrons alors une vie normale de gens qui s'aiment, voilà tout. Elle a pleuré discrètement devant le guichet de la Police. J'en ai profité pour essuyer ses larmes et l'embrasser longuement. Je dois dire que je n'étais pas fier moi non plus, les larmes, je les retenais. Cédric a eu droit à de belles embrassades de la part de Charlotte avant que nous soyons embarqués dans la zone Duty free jusqu'à ne plus la voir.

C'est quand même autre chose la classe affaires ! Les fauteuils sont plus grands et le personnel plus avenant. Champagne et tout et tout ! Notre hôtesse se prénomme Yolande. Pendant tout le voyage, Cédric l'a appelée « YoYo ». Je ne savais plus où me mettre !

Vingt heures était l'heure du décollage prévu. Vingt heures nous décollions. Ce devait être l'effet « affaire » !

Bien évidemment, nous sommes passés par Paris pour une escale lassante. Nous sommes repartis à vingt-deux heures sans avoir mangé. Cédric boudait et nos ventres criaient « famine ». En attendant, on nous servait toujours du champagne plus très frais, mais c'était bon quand même.

Finalement, on nous passa le film rapidement Les Enfants loups, Ame et Yuki. Dommage, nous l'avions vu ! Cela dit, Cédric, comme moi, avions les yeux qui se fermaient. Ils nous ont apporté la carte du menu quand Cédric s'endormit profondément. J'ai donc mangé seul, mais j'ai gardé les gâteaux et un fruit pour le petit amour quand il se réveillerait. Et je me suis endormi légèrement grisé par le vin et le champagne. J'ai bien dormi sans Lexomil. C'est la lumière du jour, si pure et éblouissante qui a interrompu notre sommeil. Un tour aux toilettes pour se débarbouiller et nous pouvions attaquer le petit-déjeuner. Croissants et pains au chocolat à volonté ! Nous survolions l'Afrique de l'Est. Pas un nuage.

Le vol s'est extrêmement bien déroulé et nous avons atterri à quelques minutes près à l'aéroport de Plaisance. 29° a dit le commandant en se posant sur le tarmac. Bien entendu personne nous attendait. Sauf Firmine bien sûr, mais elle, dans sa case de Port-Louis. Nous avons pris un taxi, c'est plus confortable et moins dangereux que le bus ! Et puis à peine trente minutes ! La première interrogation de Cédric fut de constater que nous roulions à gauche contrairement à Montpellier. Alors je lui ai expliqué en quelques mots simples, les guerres, la Compagnie des Indes, l'île de France et puis l'Angleterre ! J'ai senti mon fils circonspect et un peu déçu. Et nous avons traversé Curepipe, quatre bornes avant d'arriver à la Capitale. Maintenant Cédric est très impatient, il lui tarde de voir Firmine. Nous arrivons, nous arrivons ! Et voilà la petite case aux volets rouge carmin. Je la vois, FIRMINE sur le bord du trottoir… Elle nous guettait ! À peine la voiture stoppée, Cédric court vers sa mamie et l'enlace durablement. Firmine pleure, Cédric rit.

À mon tour de sortir de la voiture et de remercier le chauffeur de taxi.

— B'jour, mamy, voilà ce que j'ai dessiné pour toi, rien que pour toi.

— Merci, mon chéri, je les regarderai tout à l'heure.

— Bonjour, Firmine, que vous êtes belle ! Elle porte en foulard le carré de soie Hermès que nous lui avions ramené de notre voyage de noces à Paris. Elle continue à être très émue de ses retrouvailles et je la serre très fort entre mes bras. Elle nous invite à rentrer et nous prie de nous asseoir. « Vous devez être très fatigués », dit-elle en refermant la petite porte de tôle.

« Non ça va, nous avons réussi à bien dormir dans l'avion. Et non, nous n'avons pas très faim, car on a petit-déjeuner copieux ce matin. Tout va bien Firmine. Vous êtes certaine que nous n'allons pas vous déranger ? »

— Vraiment pas, cela me fait si plaisir de vous avoir !

— Grand-mère tu as vu mon collier en or ?

— Oh oui, ce que tu es beau avec.

— Et vous savez Damien, depuis le départ de Mya, je ne vois plus grand monde !

— Je m'en doute bien, mais bon, nous sommes là désormais !

— Oui je sais bien Damien. Et excuse-moi encore d'avoir déjà loué votre ancien petit campement de Tombeau Bay. Mais je l'avais promis à mon frère et puis cela me rapporte quelques petites roupies !

— Il est à vous Firmine, ne l'oubliez jamais, c'est votre campement[11]. C'est vrai qu'avec Mya nous l'aimions beaucoup cette petite case ! Mais bon…

J'avais prononcé le mot qu'il ne fallait pas, MYA !

Firmine recommença à pleurer et c'est Cédric qui lui a dit de cesser de verser des larmes. Alors, il lui montra des dessins, et lui donna un pain au chocolat qu'il avait pris dans l'avion. Firmine était à nouveau heureuse et souriante. C'était bien.

---

[11] Campement : maison de bord de mer, pas nécessairement les pieds dans l'eau.

Bientôt dix-sept heures et trente minutes et la fatigue nous gagna. Nous parlerons du projet « sirène » demain quand nous serons à la plage et que Cédric jouera dans le sable. Surtout qu'il n'écoute pas ! Et nous sommes endormis sans dîner.

— Comme je vous l'ai déjà écrit Firmine, nous avons trouvé Rosalie, une jeune femme qui ressemble physiquement, un peu à votre fille, et qui joue les sirènes dans un aquarium géant à Cape Town en Afrique du Sud. C'est une Mauricienne, et elle habite Goodlands. Elle est là en vacances en cette période, donc c'est le moment d'en profiter.

— Merci, Damien, d'avoir cherché et trouvé cette fille. Tu as dû perdre beaucoup de ton temps !

— Vous savez Firmine, ce n'est pas perdre son temps que de clarifier la situation de Cédric par rapport à sa mère et puis avec l'ordinateur dorénavant, tout va si vite.

— Il paraît, il paraît ! Mais ce n'est pas pour moi.

— Je vais lui téléphoner pour prendre rendez-vous avec elle. Vous viendrez au rendez-vous ?

— Non, non, je te laisse faire. Tu sauras mieux expliquer à la demoiselle ce que nous souhaitons faire.

— Ok, Firmine, je m'en occupe. Vous pourrez veiller sur Cédric pendant mon absence ?

— Ce sera un bonheur que de le garder. Sois rassuré, Damien !

Neuf heures. Cédric vient de se lever. Nous stoppons la conversation et parlons d'autre chose. Firmine me demande le nombre de jours que nous passons à Maurice. Je lui ai répondu six jours comme il était prévu. Après avoir avalé son petit déjeuner, Cédric veut aller à la plage. Nous choisissons la plage de Flic en Flac, car ce n'est pas loin de Port-Louis… et puis celle de Tombeau-Bay que nous aimons bien, nous rappelle de trop mauvais souvenirs. Je commande un taxi pendant que Firmine et Cédric préparent leurs affaires. Nous pique-niquerons sur la plage bordée de Filaos qui nous protégeront du soleil. Cet après-midi, nous parlerons de notre « plan sirène ».

À un camion bar proche de nos serviettes de plage, j'ai acheté, pour midi, trois biryanis de poulet et trois gatos patate. Nous nous régalons.

Il est venu le temps des châteaux de sable, alors Cédric est parti un peu plus loin de notre emplacement, pas loin, une dizaine de mètres tout au plus.

— Alors, comment cela va se passer ? me dit Firmine impatiente désormais.

— Rosalie sera déjà dans l'eau quand nous arriverons à bord d'un bateau en fond de verre, à un endroit précis du lagon. Une fois la barque ancrée, Rosalie apparaîtra sous notre bateau et fera des signes d'amitié à Cédric qui sera allongé sur la plaque de verre. Puis elle s'éloignera de notre barque pour respirer avant d'y revenir avec un panneau qu'elle posera sur le fond marin. J'ai écrit dessus ce texte que je trouve assez clair.

Cédric, mon fils que j'aime.
Je dois te dire adieu. Je pars loin de toi.
Je t'embrasse, mon amour. Tu es dans mon cœur à vie.
Belle doit être celle-ci.

— Mais il ne sait pas trop comprendre le sens des mots, notre petit amour !

— Je prendrai des photos et le panneau qu'il aura sous les yeux et puis il parle bien pour ses 4 ans ! Il comprendra bien, n'ayez aucune crainte.

— Tu es sûr pour Rosalie ?

— Je suis convaincu de ses possibilités. J'ai rendez-vous avec elle demain au Caudan Waterfront et on ira faire ensemble un repérage et un essai grandeur nature sur site. J'y crois beaucoup.

— Très bien, cela me rassurera.

— J'ai regardé la météo et il va faire très beau après-demain. Ce sera donc le jour choisi.

— Je serai prête et forte, je te le promets Damien ! Et si on rentrait maintenant !

— Cédric, tu peux ramasser tes affaires s'il te plaît, grand-mère est fatiguée… On s'en va !

Hep taxi ! Nous avons repris la petite route de campagne si jolie et nous sommes rentrés. En passant devant le panneau Tombeau Bay, j'ai eu un énorme pincement au cœur et j'avoue que mon moral en a pris un sacré coup. Mya ! Mya ! Je la voyais partout. Puis le taxi nous a laissés chez Firmine. Avec elle, ce fut un jeu de regards pendant au moins une heure. Aucun mot ne sortait de nos bouches, rien, que des soupirs et quelques amertumes. Nous étions si désolés ! Seul Cédric détonnait dans ce silence ahurissant. Il chantait !

Rosalie était belle, mais un peu moins que Mya. Elle avait la même couleur de peau et à peu près la même morphologie. Par contre les yeux étaient marron foncé, il faudrait qu'elle porte des lentilles. Ce ne serait pas un problème ! me rassura-t-elle. Les cheveux étaient plus longs, mais bon, là aussi, une perruque ferait l'affaire. Sa queue de sirène lui allait parfaitement et dans l'eau c'était bluffant... Elle nageait comme un poisson. Je l'ai félicité pour sa démonstration et nous avons fait plusieurs tests dans le lagon. C'était parfait même si le panneau avait tendance à ne pas trop tenir en place à cause du courant. La nuit tombait maintenant sur Flic en Flac, je l'ai remercié en lui offrant un verre et en lui versant la moitié du cachet soit 15 000 roupies. Cette fille était très attirante avec sa perruque et ses lentilles vertes, j'ai encore eu un frisson ! Je l'ai déposé à Port-Louis devant un bar et je suis rentré à la maison le cœur légèrement démoli. Firmine et Cédric m'attendaient pour dîner. Bol renversé[12] au menu, j'adore cela, pourtant ! Mais ce soir pas faim ! Pas d'Bol ! « J'ai été le seul à sourire ! »

— P'pa tu n'as rien mangé, t'es malade ?

— Juste de la fatigue mon fils.

Et je suis allé m'étendre sur mon lit. Mya ! Charlotte ! Et voilà Rosalie ! Je dois téléphoner à Charlotte tout de suite !

— Allo ma belle ! Comment vas-tu sans moi pour te protéger ?

[12] Le bol renversé est d'origine chinoise. On part d'une base de shop suey, un sauté de légumes asiatiques aux crevettes, au bœuf ou au poulet servi avec du riz blanc. Le tout est mis dans un bol que l'on renverse dans une assiette pour une belle présentation.

Nous avons parlé pendant presque une heure et cela m'a fait un bien énorme. J'avais envie d'elle, de sa peau, de ses seins et de son sourire. Elle me manquait dans ma désespérance. Et j'ai raccroché, Cédric est venu au lit après s'être lavé les dents. Lui aussi était très fatigué. Je me suis relevé quand même pour dire à Firmine que tout était parfait. Elle m'a souri, totalement rassurée. Elle m'a dit aussi qu'elle avait entendu le prénom de Charlotte et qu'elle était contente… et que si je voulais en parler !

Tout le monde se raconta sa nuit qui fut dans l'ensemble très mauvaise. Cédric avait rêvé qu'un requin blanc attaquait les sirènes dont sa maman, moi que j'embrassais Rosalie, sous les yeux effarés de Charlotte et de Mya, et enfin Firmine qui regardait Mya mourir dans de grandes souffrances. Un petit-déjeuner silencieux. Et puis le facteur est passé remettant à Firmine une banale facture d'électricité. J'ai crié « On va à la plage ? » et tout le monde approuva. Nous préparions nos affaires de plage quand Firmine me prit à part et m'invita à la suivre dans le petit jardinet.

— J'aimerais bien que tu me parles de cette Charlotte… Tu sais je n'écoute pas aux portes, mais les cloisons sont si minces ! Tu as trouvé une nouvelle chérie ? C'est ça ?

— Oui, Firmine, j'ai trouvé une nouvelle amie, mais ce n'est pas pour autant que je ne pense pas à Mya et que je ne l'aime plus ? C'est juste que la vie est trop difficile pour un seul homme et un enfant en bas âge. Vous devez essayer de me comprendre !

— Mais je comprends parfaitement, Damien, et tu as mon assentiment crois-moi. Ta vie n'a pas à être détruite par la disparition de Mya. Ce n'est pas de ta faute quand même ! Alors elle est comment cette Charlotte ?

Alors, je lui ai décrit Charlotte et parlé de son travail d'hôtesse d'accueil. Elle s'occupe bien du petit, une vraie maman ! Firmine était enchantée, mais je me doutais bien qu'au fond elle était malheureuse. Je n'ai pas insisté quand j'ai remarqué qu'elle commençait à renifler doucement et que ses yeux viraient au rouge. Il était grand temps de partir à la plage.

Nous nous sommes mis au même emplacement que la veille et comme hier je suis allé au camion-bar acheter cette fois des Dholl puri et des sodas pas trop sucrés. Ensuite nous avons joué tous les trois dans le sable avec une bille et des vélos miniatures pour un Tour de France et une course effrénée… Cela me rappelait mon enfance même si, sans famille, celle-ci ne fut pas rigolote. Mais qu'importe j'avais maintenant Firmine et Cédric et bientôt Charlotte qui me ferait oublier cette jeunesse tronquée. Et puis j'ai eu Mya !

Nous sommes repartis de la plage vers seize heures – avant les embouteillages – car nous voulions passer au Caudan faire un peu de shopping. Ce complexe commercial est tout simplement dingue, à la Sud-africaine quoi ! Casino, boutiques, restaurants, cinémas, pubs, on y trouve de tout ! Cédric voulait une glace alors nous nous sommes attablé tous les trois. « Vanille, comme le petit. » Firmine a rigolé.

En fait, je suis venu au Caudan pour acheter un cadeau textile à mes trois amours. Pour Firmine se sera sur une robe légère pour les jours de grande chaleur, pour Cédric un jean déchiré et un Sweat-Shirt à capuche gris perle. Enfin pour Charlotte j'ai opté pour un blouson Perfecto vintage. Nous sommes revenus vite sur le parking, car je ne voulais pas m'attarder au risque de rencontrer d'anciennes connaissances de l'Agence de publicité dans laquelle je travaillais, ici même au Caudan. Ah j'allais oublier ! Cédric a insisté pour que j'achète pour Lise un collier en cuir avec une dent de requin. Il trouve que ça lui irait bien !

Au moment où j'allais ouvrir la portière, mon téléphone sonna. C'était Charlotte. Elle me demandait l'autorisation de commencer à transférer des affaires chez moi. « Ton déménagement en quelque sorte ! » Nous nous sommes mis à rire. Plusieurs « Je t'aime » ont mis fin à la conversation. Puis nous avons filé chez Firmine. Ce soir Rougail crevettes, j'ai si faim !

Discrètement, Firmine me demanda si pour demain tout est OK ! Je lui ai répondu par l'affirmative en souriant longuement. Elle avait peur, cela se sentait et j'ai essayé de la rassurer tout au long du repas par des petits clins d'œil.

Et nous nous sommes endormis tôt… Demain c'est le jour J !

« Donc c'est bien compris, je pars deux heures environ et je reviens vous chercher. » Je les ai embrassés et je suis monté dans le taxi direction le nord-est. Rosalie était prête, c'était parfait. Nous avons réussi à mettre sa queue de poisson en long dans la voiture au grand dam du chauffeur qui avait peur que l'on abîme sa Honda Civic. Mais bon, tout s'est bien déroulé et nous avons rejoint Flic en Flac sur le coup de treize heures. Le temps de décharger la voiture et que Rosalie se prépare, un groupe d'hommes s'est approché pour voir. Et le ton est monté. « Rien à voir, circulez ! » Il fallait mettre un terme à cet attroupement… Cédric aurait compris que quelque chose allait se passer. Finalement ils partirent !

Avec Rosalie, nous avons repéré en bateau, l'endroit où mettre le petit panneau, et nous avons fait un essai. On voyait très distinctement le panneau de bois, à travers la vitre qui avait été nettoyée. Tout était donc OK. J'abandonnais Rosalie à ses occupations et j'allais régler la location du bateau. Il était temps de partir chercher Firmine et Cédric. Une demi-heure après nous étions de retour. Le bateau nous attendait, le moment était venu de dire adieu à Mya ! Merde, merde ! Tu fais chier, Mya.

Ne voyant pas Rosalie, Firmine s'affola, mais discrètement. Alors, je lui ai murmuré qu'elle était cachée derrière une barque. Ouf ! J'ai convié la grand-mère et l'enfant à monter dans notre barque. Cédric était tout excité, je l'ai fait s'étendre sur la plaque de verre. « P'pa et Mamy vous avez vu les poissons ! » « Regardez le jaune et noir, là ! »

Je n'osais regarder Firmine qui semblait contractée à l'avant du bateau. Alors nous sommes arrivés à l'entrée de la baie… Quelques bateaux de pêche s'enfuyaient plus au large ! J'ai repéré l'endroit où je devais jeter l'ancre. Plouf !

Le bateau se stabilisa vite en l'absence de vagues.

— Cédric regarde bien, peut-être que maman va venir nous faire un coucou !

Et Rosalie est apparue sublime en nageant comme une vraie sirène.

— P'pa, Mamy, on dirait maman qui vient nous voir. OUI, OUI c'est ELLE !

Comme convenu Rosalie/Mya, tournoya sous la barque en lui faisant des signes, mais aussi des bisous que lui renvoya l'enfant.

Puis elle disparut, laissant le gamin affolé. Firmine retenait ses larmes comme moi. Et Rosalie/Mya revint sous le bateau pour disposer le panneau avec mes mots peints dessus. J'avais à bord du bateau apporté avec moi de quoi écrire et un gros feutre.

— Cédric, note ce que maman t'écrit, comme cela tu n'oublieras pas ! De toute façon, je prends des photos et j'irais chercher la pancarte.

L'enfant releva légèrement le buste, y glissa une feuille de papier et commença à griffonner Cédric, c'est pour moi ! mon fils que j'aime, encore pour moi, p'pa ! Je dois te dire adieu, ça, c'est pour nous trois ! Je t'embrasse, mon amour. C'est encore pour moi, p'pa ! Tu es dans mon cœur à vie. C'est pour moi ! Belle doit être celle-ci ! C'est pour nous trois !

Rosalie avait disparu.

— MAMAN RESTE… je t'en prie, ne fais pas cela. J'AI BESOIN DE TOI. On a besoin de toi. Ne nous abandonne pas p'pa et moi… Et Firmine ta maman, TU Y PENSES ?

Puis Rosalie/Mya est revenue lui dire un au revoir plein d'amour et de tendresse et dessina dans le sable un immense cœur. C'était la fin et la sirène dans un dernier bisou s'en alla pour toujours.

Alors, j'ai plongé pour récupérer le panneau et je l'ai donné à Cédric, puis j'ai pris une photo du cœur dessiné dans le sable et je me suis changé. Jusqu'à notre départ, Cédric a pleuré… Firmine et moi nous ne valions pas mieux. Nous avions une tête d'enterrement et le silence régnait. Vite nous enfuir de cette plage !

Pour lui changer les idées, nous sommes allés au jardin de Pamplemousses pour voir les tortues géantes. Rien n'effaçait ses larmes. Firmine regrettait d'avoir inventé cette histoire de sirène et moi d'avoir inventé un tel scénario. Nous avions fait presque 10 000 kilomètres pour un résultat mitigé. Voir Cédric aussi désespéré nous fendait le cœur. Firmine lui achetait des jeux, mais rien n'y faisait. Comment va être ma vie à Montpellier avec ce gamin abattu ? Mais bon il y aura Charlotte !

Au fait si je l'appelais ?

— Allo mon amour !

— Comment ça va les Mauriciens ?

Et je lui racontais tout, nos larmes et notre sentiment de « raté » !

— Avec le temps, tout s'effacera crois-moi, puis il oubliera et vous aussi. Tu t'imagines n'avoir plus de maman ?

— Oui… Très bien !

— Excuse-moi, Damien, j'avais oublié… Mais si tu le veux bien je serais là désormais. Si tu savais comme on s'entend bien tous les deux, vraiment s'occuper de lui c'est cool. Cela se passe très bien. Rassure-toi, nous sommes bien ensemble.

Pendant plus d'un quart d'heure, elle essaya de chasser le noir de ma tête ! J'avoue que cela m'a fait du bien et que Charlotte est forte pour cela. « Merci mon amour, à dans deux jours ! Je t'aime. »

— Firmine, je viens d'avoir Charlotte au téléphone et elle me dit de ne pas trop nous en faire, Cédric oubliera c'est certain. Rien que le fait de prendre l'avion et de retourner en France, cela va lui remettre la tête à l'endroit. Et puis il y a Charlotte qui jouera un peu le rôle de mère. Elle a raison, regardez-moi, je viens bien de la DDASS ! Et je m'en suis bien sorti ! Et ma vie n'a pas été si tortueuse que cela ! Il faut la croire Firmine, elle a raison.

— Espérons qu'elle détienne la vérité, et qu'elle ait raison, conclut Firmine, pas si convaincue que ça.

— Cédric des gatos patate tu en voudras ? Mamy va en faire !

— Oh oui, ceux de mamy c'est les meilleurs !

— Alors, viens nous rejoindre dans la cuisine. Tu sais, nous partons bientôt et il faut commencer à ranger tes affaires. Nous t'aiderons.

Je regardais le panneau de la sirène, accroché à la porte de la chambre, quand Cédric m'interrogea !

— P'pa tu crois qu'on va être en « affaire » pour le retour ? Moi j'aimerais bien.

— Je téléphonerai à Charlotte.

— Mamy, p'pa t'as parlé de Charlotte ? Elle vient habiter chez nous, cela va faire du bien à P'pa d'avoir une femme avec lui !

Je ne savais pas où me mettre, à part peut-être dessous la table puis il a insisté « p'pa dit qu'elle est belle et tout et tout ! » Je voyais Firmine qui se cramponnait à la chaise et j'avais peur qu'elle flanche. Mais elle a répondu sagement « ton papa a raison, il faut tout faire pour être heureux dans la vie et comme te dit ta maman Belle doit être ta vie. » Nous l'avons embrassé très fort et elle a souri un peu, mais elle a souri.

Les gatos patate étaient excellents.

Pour la dernière journée, nous sommes allés nous promener du côté de Bois Chéri dans le sud de l'île. C'est beau les champs de thé et le domaine est splendide. Cédric m'a fait rire quand il m'a dit qu'il croyait que le thé poussait dans les arbres, un peu comme le tilleul ! Nous avions Firmine avec nous et lui avons offert le restaurant pour la remercier de toute sa gentillesse et de son accueil. Elle a trouvé le repas très réussi et elle a pris deux fois de la salade de cœur de palmier frais.

Le soir, un peu fatigués, nous sommes allés dormir de bonne heure. Demain le grand retour ! J'ai téléphoné à Charlotte pour cette histoire de surclassement et comme à l'aller nous allions voyager en classe affaires. Quel bonheur ! J'ai crié dans la case que c'était OK pour que Cédric soit un peu plus heureux. En même temps j'ai fait monter la tension de mamy, mais bon, rien d'inquiétant, elle souriait au petit qu'elle portait sur ses genoux.

Le taxi est venu nous chercher à dix-sept heures précisément. Notre départ était prévu à vingt et une heures.

Firmine a souhaité venir nous dire au revoir à l'aéroport. C'était élégant de sa part, mais je pense qu'elle vivait ce moment comme un adieu. J'avais déjà le cœur triste alors que nous étions à peine sortis de Port-Louis ! Ça promettait.

Pendant le voyage le silence fut impressionnant. La seule note drôle fut après CurePipe où nous avons vu sur le bas-côté un petit singe… Un macaque rigolo en train de consommer une mangue. Le chauffeur a ralenti, mais un connard devant nous a klaxonné, alors le macaque s'est vite caché dans les arbres. Première fois que Cédric voyait un singe en liberté, il était simplement heureux en l'instant. Nous nous sommes regardés, Firmine et moi, et nous avons souri. La route continua à défiler… Prochain arrêt Plaisance.

Le chauffeur nous laissa devant le terminal des départs. Pas beaucoup de voitures… Il est vrai que ce n'est plus trop la période de vacances ! Je règle le chauffeur en lui versant la somme aller-retour, car il doit attendre Firmine pour la ramener chez elle.

Ma valise et le petit sac de Cédric sont maintenant sur le trottoir. Direction le comptoir Havas puis le comptoir d'enregistrement. Tout est réglé, reste la Police à passer. Mais avant il faut saluer mamy, de plus en plus blafarde, qui tient par la main son petit-fils chéri. Nous nous embrassons longtemps, éternellement, tous les trois, nous ne faisons plus qu'un. Puis tout s'est desserré comme un lâche abandon. C'est Cédric, agrippé à sa grand-mère qui a éclaté en sanglots le premier. Alors, je me suis approché d'eux et moi également j'y suis allé de ma peine. Le policier m'a salué poliment avant de se redresser de sa chaise pour tenter d'apercevoir en bas derrière le guichet, Cédric. Lui, si petit, lui qui regardait encore derrière lui sa mamy éplorée. Et puis nous sommes passés !

Je me suis retourné à mon tour et Firmine n'était plus là. Un taxi s'en allait là-bas, je crois l'avoir reconnu.

— Deux bouteilles de champagne s'il vous plaît et aussi un méga Toblerone. Vraiment bien ce Duty Free !

— Ça ira bonhomme ? Tiens, cela te calera le ventre avant le repas. Mais ne mange pas tout !

— Merci, p'pa. Tu peux me laisser le fauteuil hublot ?

— Bien entendu mon fils.

— Six heures et trente minutes… L'avion vient d'atterrir enfin à Montpellier Méditerranée.

Cédric n'a pas pris son petit déjeuner, il dormait et il dort encore. Il a passé une nuit agitée et cela me gêne de le réveiller… Mais bon ! Je lui ai gardé une viennoiserie au cas où !

Dès qu'il a ouvert les yeux, je lui ai brandi devant lui le pain au chocolat. Il fait la moue, mais la saisit fermement. « Nous sommes arrivés mon fils », dis-je en riant. « C'est vrai ! Et Charlotte est là ? » Je lui ai précisé que nous étions encore dans l'avion et qu'elle ne pouvait pas être dedans, car elle n'était pas passagère de ce vol. « Oui, mais elle est hôtesse chez Havas ! » Je ne lui ai pas répondu, car je n'avais pas envie de discuter de cela à six heures et trente minutes du matin. Un steward nous invite à descendre et nous prie de bien vérifier que l'on n'oublie rien à bord… J'ai juste vu, au dernier moment, la barre de Toblerone coincée derrière L'Équipe magazine et le sac à vomi ! Nous nous engouffrons dans le tunnel d'accès pour nous diriger vers les guichets de la Police. Je porte le petit dans mes bras, il dort la tête sur mon épaule. La police franchie, il nous reste plus qu'à récupérer nos bagages et franchir la Douane. « Rien d'illégal Monsieur l'agent, à part peut-être cet enfant que j'ai conçu avec une étrangère. » « À part cela rien ! » L'agent a souri, mais pas franchement. Puis une voix « Hé, les beaux mecs, par ici ». Charlotte nous attendait habillée en hôtesse bien sûr. Qu'elle était belle ! Nous nous embrassâmes tous passionnément.

— Alors, mes zamours, comment se sont passés le vol et le voyage ?

Cédric a voulu en premier parler… « C'était long l'avion, mais on a vu maman. » J'ai soudainement vu Charlotte s'interroger avant de se ressaisir et de se rappeler le plan de la « sirène ». « Et comment va-t-elle ? » « Malheureusement, elle est partie très loin de nous, mais elle m'aime et je suis dans son cœur ! » a conclu Cédric, sans verser une seule larme. Charlotte m'a fixé du regard, j'étais estomaqué.

— Et toi mon amour, tu es satisfait de ton voyage sous les tropiques !

— Il me semble réussi, à écouter Cédric.

— Allez, je vous ramène, car je travaille, MOI !

Ce n'était pas encore totalement son horaire d'embauche… Charlotte avait juste le temps de prendre un café avant de repartir dans son agence. « J'avais envie d'elle et elle en jouait, c'était infernal. Bon, j'attendrai ce soir ! » Cédric et moi avons passé une grande partie de la journée à dormir. « Heureusement qu'il n'y a pas d'important Jet Lag entre Maurice et l'Europe, cela nous aurait achevés. »

Nous nous sommes réveillés, avec le petit, pratiquement en même temps. Faim ! Nous avons couru vers le réfrigérateur pour découvrir… Qu'il était plein ! Sandwichs, salade de tomates, fromages, yaourts, jambon… S'empiffrer, voilà ce que nous avons fait ?

Aujourd'hui seulement, je porte le cadeau de Charlotte, le T-Shirt I love Mauritius. Avant je n'osais pas, car cela me rappelait de sales souvenirs. Mais tout va mieux maintenant, la sirène est partie et Cédric en parle comme un conte, un tendre souvenir. Et puis Charlotte est heureuse ! Et elle a raison.

Dix-huit heures environ, c'est Charlotte qui arrive. J'ai le cœur qui bat vite. Et c'est l'explosion de bisous et de tendres baisers. Nous sommes ensemble. C'est l'heure des cadeaux… Cédric lui offre un gros coquillage made in Mozambique et moi le blouson Perfecto vintage. Elle ne sait plus où donner des lèvres, elle est follement heureuse. Il est temps de prendre une douche, alors nous la prenons à deux. Avant, elle veut essayer son blouson. Juste son Perfecto, nue dessous ! Dieu qu'elle est désirable !

Nous nous sommes caressés longtemps avant de faire l'amour rageusement. Et puis un cri !

« Ce n'est rien Cédric ! C'est Charlotte qui se démaquille et un pot de crème de jour est tombé. Cela nous a fait rire. »

Ce soir c'est spaghettis à la Bolognaise pour tout le monde. J'ouvre une bouteille de vin rouge.

Domaine Saint Sylvestre, toujours aussi bon.

Et nous lui racontons, notre voyage éclair en terre mauricienne. Bien évidemment nous occultons le passage de la fausse sirène, mais le petit lui, à plein de choses à dire sur sa maman. Bizarrement, il n'est pas triste. Firmine serait étonnée.

— Au fait, Cédric, j'ai retrouvé un petit cadeau pour toi, c'est une balle de golf de Maurice.

— C'est chouette, merci p'pa… Tu joues au golf ?

— Oh, non, mon fils, je l'ai juste trouvé !

Vingt-deux heures, la fatigue nous gagne. Cédric s'endort facilement, mais pas moi ! La présence de Charlotte nue dans le lit m'attire. Et l'amour encore !

Le lendemain, Cédric reprend l'école, Charlotte et moi, le travail. « À ce soir tout le monde ! »

Je décide d'aller voir Lise à la pause de midi. Super elle est là Elise ! J'adore cette fille ! Et ses rêves sont puissants !

— Bonjour, Lise.

— Bonjour, Damien.

— Bien passé votre séjour mauricien ?

— Très compliqué et très triste, nous avons échafaudé le « plan sirène » dont je vous avais parlé et cela n'a pas trop mal réussi.

— Et Cédric comment il a vécu cela !

— Nous l'avons épargné au maximum. Il ne va pas trop mal ! Je crois, comme sa grand-mère, qu'il a cru en notre histoire. Enfin, nous l'espérons !

— C'est bien, je suis contente. Alors, quelle allée aujourd'hui ?

— Aucune, ce voyage m'a fatigué et j'ai eu mon quota d'émotions croyez-moi. Alors rien pour aujourd'hui, une prochaine fois peut-être… Je suis venu vous saluer tout simplement…

« Mille fois merci Lise », lui dis-je, « Au fait, je suis allé chez la psy que vous m'avez conseillée. Je suis vraiment content… La thérapie s'est mieux déroulée que prévu et surtout plus rapidement. Cela change de l'ancien trafiquant d'âmes que j'emmerde même si ce n'est pas opérant ! (Rires) J'ai appris en effet à dissiper ce que je qualifie "d'échec sirène". Finalement, comme me la dit la nouvelle psychiatre, nous avons bien fait avec Firmine de tisser cette histoire de bateau et de sirène. Fini le rendez-vous "forcé" du mardi à treize heures. Plus d'anti-mélancolie, Plus de pilules blanches ! La vie, quoi ! Merci encore Lise. »

Trois mois que Charlotte vit chez nous et Cédric est tout heureux. Ravi d'avoir une jeune femme à qui se confier, il semble par moments oublier sa maman. Oh pas souvent, mais suffisamment pour sourire et s'offrir à la vie. Bien sûr de temps en temps il a des crises de larmes, mais bon ! Quelques baisers et tout s'oublie très vite.

J'ai décidé il y a quelques jours après l'accord de Charlotte, mais aussi de Cédric de me lancer dans la réalisation d'une exposition de mes photographies. La mairie m'a dit OK pour exposer au Pavillon populaire. Je commence à avoir pas mal de clichés en réserve ! Autant les exposer que de les laisser pourrir au fond d'une caisse ! J'ai de nombreuses photos de cases et de paysages mauriciens, mais aussi quelques nus de femmes mauriciennes, dont certaines de Mya. « Qu'est-ce qu'elle était belle ta Mya, j'aimerais avoir un corps comme ça ! » lâcha Charlotte… je n'ai pas répondu.

Tous les soirs, après mon job, je trie et mets de côté les plus réussies, puis je les montre à mes deux amours. Sommes rarement d'accord, mais c'est moi le professionnel (Rires) et je gagne tout le temps. Nous avons sélectionné une trentaine de photos de Maurice, mais je n'ai pas beaucoup de nus à présenter ! Celles de Mya je les isole et les cache à Cédric… C'est sa mère quand même !

— Tu serais OK, mon amour, de poser nue pour moi ? J'ai une dizaine de clichés qui me manque. Tu t'en rappelles nous en avions déjà parlé il y a quelque temps ? ai-je demandé à Charlotte d'une voix un peu mielleuse !

— Franchement, être sous ton regard, cela m'excite même, mais être regardé par des anonymes, cela me gêne tout de même ! Et puis par rapport à mon travail !

— Je ferais en sorte de ne pas cadrer ton visage. Voilà Tout !

— Oui, mais quand même ! Forcément, on va me reconnaître… Mon tatouage par exemple !

— Ne t'inquiète pas je manie très bien Photoshop et je gommerai TOUT qui se rappelle à toi. Quant à ton tatouage, j'ai souvenir qu'il est sur une de tes fesses ! (Rires).

— Salaud !

— Salaud peut-être, mais un salaud qui T'AIME. Je considère donc que ta réponse est oui.

— Salaud que J'AIME tendrement.

Un dimanche matin, alors que Charlotte et Cédric étaient partis à la plage, je me suis décidé à aller à la librairie pour voir Lise. Vraiment cette fille ressemble à une mormone gothique avec des habits d'un autre siècle ! Je la trouve géniale.

— Bonjour, Damien ! Ça fait plaisir de vous revoir.

— Bonjour, Lise. Moi aussi je suis ravi.

— Regardez le cadeau de votre fils !

— Il vous va bien ! Vous êtes très élégante Lise.

— Merci. Cédric m'a montré aussi sa pépite d'or au cou… Quelle merveille !

— Oui, il est très beau avec.

— Vous allez faire un tour ce matin ?

— J'aimerais bien Paris avec Mya, elle me manque toujours !

Allée 7, sur votre droite, mais n'allez pas trop loin, après c'est Paris en hiver ! Trop froid.

— Merci, Lise.

Je me suis avancé dans l'allée en question et je me suis vite retrouvé dans des ténèbres à peine éclairées de néons livides et le bruit de la foule d'un métro parisien… Ça puait l'urine et la transpiration… Saint-Germain-des-Prés, station Mabillon. Comme à son habitude, le Boulevard germanopratin était saturé. Mya et moi avons quitté tout ce monde et sommes allés déjeuner chez Régis déguster ses huîtres délicieuses et son magnifique Sancerre Mellot. C'était la première fois que Mya mangeait des Huîtres et ça lui a plu immédiatement. Le vin, elle en a redemandé ! Deux douzaines plus tard, nous sommes allés à l'église Saint-Sulpice sur les traces du meurtrier du Da Vinci Code. Beaucoup d'Américains visitaient le monument bruyamment, cela a énervé Mya. « Please shut up ! » a-t-elle clamé. Tous les yankees étaient choqués ! Cela nous a fait rire. Ainsi, plus calmement, nous avons repris la visite de l'église et de ses secrets. C'était passionnant. En sortant, nous avons échangé un baiser. Ah Paris !

Envie d'un café et nous pénétrons chez Sospeso un Coffee Shop recommandé par Lise. Nicolas nous invite à nous asseoir dans un petit salon très élégant. Nous commandons un café de spécialité du Congo et un chocolat chaud. Le bébé n'a pas besoin d'être énervé.

En ressortant de chez Nicolas, nous avons déambulé dans la grande ville.

— Qu'est-ce qu'elle est haute ! Incroyable !

— Oui mon amour, c'est ce qu'on appelle la tour Eiffel ! (Rires).

Bien trop de monde, alors nous retournons à l'hôtel, dans le Marais. Ce soir falafels et l'amour aussi…

… Sans doute que l'amour était trop intense, mais j'ai été transporté, alors que Charlotte dormait, au milieu de la nuit, en plein Musée d'Orsay. Je me suis retrouvé nu, devant l'Origine du monde de Courbet en train de sangloter. C'est un veilleur de nuit qui m'a fait détaler. Je courais, je courais et j'ai perdu connaissance quelques instants, juste le temps de me recouvrer dans un couloir où des têtes de mort s'alignaient parfaitement. J'ai à peine vu le panneau Catacombes IX que Lise me serrait déjà dans ses bras et me conviait à la suivre dans une de ses allées de sa drôle de boutique.

Nous avons échangé quelques mots rapides avant qu'elle aille chez Café Coton m'acheter de quoi me vêtir. Quand même !

*

Juillet, Cédric est en vacances ! Dans quinze jours, il repart chez sa mamy à l'île Maurice ! j'avoue que nous y serions bien allés Charlotte et moi, mais bon, problème de timing pour les congés. L'année prochaine nous partirons à trois, c'est certain.

Nous avons préparé son départ avec douceur pour ne pas qu'il soit apeuré à l'idée de partir seul si loin dans le gros avion. Hors de question de bâcler son voyage. Dans un petit sac bleu marine, nous avons entassé ses vêtements comme s'il partait pour six mois. C'est Havas voyages qui organise son vol aller-retour. L'hôtesse qui va s'occuper de lui se prénomme Edith et c'est vraiment une fille super mignonne. Elle va conduire le petit jusque chez sa grand-mère Firmine à Port-Louis dans un taxi que nous avons réservé à son nom. Vraiment c'est une pro et cela nous rassure ! Et qu'est-ce qu'elle est belle ! Cédric est très heureux de recouvrer sa mamy, mais triste que l'on ne vienne pas… L'année prochaine !

À l'aéroport, on lui a remis un gros badge avec son prénom écrit dessus et il est très fier de le porter autour du cou. Il est tellement excité d'aller voir Firmine. La séparation fut douloureuse, mais bon, ce n'est que deux semaines ! Alors, les larmes se sont faites modestes et l'Airbus s'est envolé… Tout là-haut dans le ciel puis a disparu derrière la courbe des nuages. Nous pouvions rentrer à l'appartement Charlotte et moi. Nous nous sentions très seuls.

Quelques jours après le départ de Cédric, nous avons commencé les prises de vue de nus pour mon exposition. Les premières photos ont eu lieu à Carnon à côté de l'étang de l'Or. Après nous être bien assurés que l'endroit était désert, Charlotte s'est dévêtue intégralement. Le problème c'était de garder le côté tropical des photos ! J'ai cadré seulement le reflet de ses fesses dans une eau transparente, un peu comme un tout petit bout de lagon. Mon Dieu quel cul ! Après ce fut ses seins, mais là il fallait qu'elle se mette à l'eau. Elle a un peu renâclé, mais au bout du compte elle accepta. Gros plan sur ses seins qui émergent fièrement de l'eau toujours aussi translucide. À quelques dizaines mètres d'elle, un flamant rose regarde l'air désabusé, deux tétons poindre au soleil se couchant.

Moi je voulais continuer de shooter, mais elle avait peur de se faire surprendre en totale nudité. Quelques silhouettes au loin nous mataient gentiment, des pêcheurs sans doute ! Mais je ne lui ai rien dit.

Alors, nous sommes rentrés à la maison et nous avons continué à faire des prises de vue… Sous la douche évidemment, à travers la paroi de verre, sur un lit, étendue lascivement sur le ventre, encore un peu ses fesses et quelques-unes de son sexe et de son ventre plat magnifique, toujours en gros plan. La nuit enveloppait la ville maintenant, alors nous nous sommes arrêtés. Ce soir Big Mac et frites en songeant au petit, tout là-bas, chez Mya… je veux dire chez Firmine !

Finalement, les quinze jours de vacances de Cédric sont vite passés et à peine sorti de l'aéroport qu'il nous tend déjà ses cadeaux mauriciens. D'abord ceux de Firmine… Une étole en soie sublime pour Charlotte et pour moi une bouteille de rhum arrangé, sans doute pour m'aider à oublier sa fille ! Cédric nous a offert des morceaux de coraux morts, mais graphiquement très beaux, deux étoiles de mer et un petit pot de sable blanc. Nous le couvrons de baisers.

Avec Charlotte, nous avons fini juste à temps le shooting photo et je connais désormais très bien toute son intimité. Cela la fait rosir et c'est très agréable ! Je suis maintenant en pleine retouche des images qui seront choisies. Charlotte m'observe, et trouve cette opération excitante. Merci Photoshop ! Elle est si heureuse que « j'enlève » son tatouage pour qu'elle ne soit pas ainsi révélée. Cédric regarde tout ça avec curiosité, il ne comprend pas l'absence de clichés de sa maman !

Nous devons sélectionner trente-quatre photos avant de les présenter au commissaire de l'exposition pour son aval définitif. Chose faite, nous pourrons participer à l'installation. J'avoue que je suis impatient et fier d'étaler ainsi mes œuvres au Pavillon populaire, car c'est un lieu devenu incontournable pour la photo en France… Mya serait fière de moi ! Cela dit, Charlotte et Cédric le sont aussi.

En attendant l'inauguration de l'expo, je continue à shooter pour le travail des packshots, mais je monte en gamme, je fais désormais dans la boîte de conserve… Petits pois, lentilles et flageolets font donc partie de mon quotidien ! Comme nos clients ne reviennent jamais reprendre leurs marchandises ou rarement, le soir, je ramène à la maison quelques produits empaquetés dans des papiers de Noël… Des boîtes de haricots ou autre thon albacore, tous sans exception, enrubannés. Alors j'offre ces présents à Charlotte et Cédric et nous rions bêtement.

Charlotte va nous abandonner quelque temps pour des vacances en famille à Paris. Moi j'ai des jours à rattraper, alors je reste dans le midi avec le petit. Sept jours… Elle part seulement sept jours et reviendra pour nous aider et l'expo. Elle m'a promis de passer chez Régis et chez Nicolas pour les saluer.

Nous l'accompagnons à la gare Saint-Roch... départ 10 h 15 ! Cédric et moi l'embrassons à s'en user les lèvres. Et le train est parti.

Vers onze heures ce matin j'ai eu au téléphone, une mauvaise nouvelle qui m'a mis le moral plus bas que bas. C'était Lise ! Son papa venait de décéder dans un accident de la route. Sa maman étant déjà morte, il lui revient donc de s'occuper de la papeterie familiale à Versailles. « Merde ! Pardon Elise ! Mais cela me peine que vous vous en alliez ! » « Et dans combien de temps vous allez partir ? »

— Demain matin, ma boutique ici, va fermer définitivement ses portes. J'ai commencé à faire les cartons et j'ai fait appel à un déménageur pour m'aider. Vous m'excuserez de ne pas vous en avoir parlé plus tôt, mais tout s'est passé à une telle vitesse. D'ailleurs demain soir je prends le train, car dans deux jours a lieu l'enterrement. Si vous saviez comme je culpabilise de n'être pas « monté à Paris » avant ? Mais comment faire avec ce commerce ?

— Toutes mes condoléances Lise... Vraiment vous allez me manquer. Vous êtes une fille bien Lise, et oui je vais vous regretter. La librairie ferme quand ?

— Comme je vous l'ai déjà dit, demain matin, je suis navré Damien, mais bon !

— Cela vous dérangerait que je fasse un dernier petit voyage avec Mya à Paris ?

— Passez à la boutique ce soir, mais rapidement.

— Merci, Lise, à tout de suite ! Juste le temps de faire garder Cédric par ma voisine !

— Déjà là ! Re-bonjour Damien ! ... C'est bien parce que c'est vous et que vous êtes mon seul habitué. Alors allée 7, sur votre droite, mais toujours pas trop loin après c'est Paris en hiver ! Trop froid.

— Merci, Lise, merci infiniment et encore toutes mes sincères condoléances. Je fais vite !

Je me suis dirigé vers l'allée 7 et me suis retrouvé de nuit sur un kiosque dans une obscurité quasi totale. Partout des silhouettes inquiétantes, partout des grilles et même une fontaine monumentale. Heureusement, Lise m'avait prêté sa lampe torche au cas où ! Alors, je me suis avancé un peu plus. Des effluves de roses pour une fragrance, certainement d'un jardin romantique. Que cela sent bon ! Et je reconnus le palais du Luxembourg et ses nombreuses statues. Les grilles pour sortir étant fermées j'ai dû escalader. Toujours Saint-Germain-des-Prés… L'Huîtrerie Régis ! J'y ai vu Mya installée en train de se restaurer tranquillement et une femme qui allait entrer dans la boutique… je me suis écarté pour la laisser rentrer, c'était Charlotte ! Elles s'embrassèrent… Puis sans précipitation Charlotte s'installa à sa table et elles commencèrent une longue discussion. Elles se connaissent donc ? J'ai eu une « putain » de malaise et je me suis assis sur la petite terrasse à même le trottoir. Régis est venu m'aider à récupérer. Il m'offrit un verre de cognac qu'il me conseilla de boire cul sec. C'est l'esprit embrumé et la démarche hésitante que je suis parti chez Nicolas pour qu'il me fasse un café de spécialité très très fort. Le plus fort du monde, peut-être le Death Wish Coffee ? En tout cas quelque chose qui ressemble à la mort !

Je disais au revoir à Nicolas quand un orage très violent éclata sur la Capitale. J'ai juste eu le temps de faire une centaine de mètres qu'une mini-tornade m'emporta. Tout devint gris autour de moi. Quelques secondes plus tard, j'atterrissais sur des cartons ondulés krafts qui attendaient que des livres viennent les distraire. Lise me regarda, effrayée.

— Mon Dieu, mais que vous est-il arrivé ?

— J'ai vu Mya avec Charlotte, dans un restaurant au même moment, mais ce n'est pas possible, n'est-ce pas ?

— Normalement non, mais là avec ce déménagement ! Il est peut-être envisageable que tout soit mélangé ! Je suis désolée Damien.

— Pas tant que moi !

— Ne bougez pas, je vais chez Café Coton vous chercher de quoi vous changer, vous êtes trempé !

Je suis rentré à l'appartement totalement défait. Sans prononcer un mot, j'ai récupéré mon fils.

Demain matin j'irais le mettre dans un Centre Aéré, car j'ai l'intention de dormir toute la journée et je ne veux pas qu'il s'inquiète. Cette rencontre à trois m'a perturbé et je reconnais être déstabilisé. Même si je sais que cette histoire est impossible, je ne peux que la croire, car je l'ai vu. Fais chier ! Merde ! et si je lui téléphonais ? Demain, oui, demain !

Neuf heures, Charlotte doit-être réveillée ?

— Allo mon amour !

— Mais c'est mon ange à moi qui se réveille, on dirait !

— Non, mais j'ai besoin que tu me dises si tu as déjà été chez Régis ? C'est juste pour savoir.

— Et pourquoi tu veux savoir ?

— Je t'ai dit, c'est juste que je veux savoir ?

— Et pourquoi ?

— Écoute, c'est pour une question de… photos !

— Bon ! Et je te réponds que non, c'est demain que j'y vais avec mes parents. Je lui dirai – s'il est là – que tu vas le contacter.

— C'est ça.

— Je te trouve bizarre, non ? Tu es de mauvaise humeur ?

— Non tout va bien, c'est juste que je suis fatigué, l'expo, le boulot, tout ça !

— Et Cédric, comment il va ?

— Aujourd'hui je l'ai envoyé au Centre Aéré, car j'ai beaucoup de papiers à remplir pour l'expo, et je ne veux pas être dérangé.

— Ah bon !

— Oui.

— Je t'aime alors.

— Moi aussi, à demain.

Je me couche maintenant et débranche mon téléphone. Enfin seul ! Mya ! Charlotte ! vous me prenez la tête, je voudrais simplement vivre et aimer un petit peu sans être traversé en permanence par des questions d'amours ! Puis-je m'autoriser à aimer Charlotte ? Ai-je le droit d'aimer toujours Mya ?

Cette journée de repos m'a fait un bien fou. Je suis allé chercher Cédric à la descente du bus et il avait l'air d'un garçon super heureux… Quoique ! Il m'a rapporté encore des coquillages. Je l'ai remercié en lui offrant une petite Ferrari que j'ai achetée à la station SHELL en venant. Ce soir j'ai décidé de cuisiner. Cédric, je ne sais pas pourquoi veut manger du pigeon ? J'ai donc acheté une pintade qui fera parfaitement l'affaire. Problème j'en ai jamais fait, je vais donc devoir me rabattre sur le web pour connaître cette « putain » de recette… Où es-tu, Charlotte ?

Cédric m'a dit – et je le crois – qu'une des monitrices du Centre lui avait demandé quel était le prénom de sa maman et que spontanément il avait répondu CHARLOTTE… et qu'il s'en voulait un peu par rapport à Mya ! Du coup malgré ses sourires, il avait un peu le blues et surtout il avait peur que je le fâche ! Si mon fils savait ? Charlotte sera tout émue quand je lui dirais ça, à son retour en Occitanie. Vingt heures quatorze, c'est son TGV qui rentre en gare. « Ce n'est pas trop tôt ! » lui dis-je en prenant sa valise. Cédric est déjà dans ses bras à rigoler et à demander son cadeau.

Je vais beaucoup mieux depuis le retour de Charlotte, je me sens comme protégé. Cette histoire des deux femmes à l'Huîtrerie s'adoucit dans mon esprit.

Il a fallu presque une semaine pour accrocher, défaire, repositionner les photos, s'occuper de l'éclairage et tout nettoyer au Pavillon populaire. Enfin nous y sommes arrivés avec Charlotte et des employés de la mairie. L'inauguration approche ! C'est la mairie qui va organiser tout le cocktail et c'est un souci de moins. Le maire ne viendra pas, il est en Chine, mais des élus de la communauté de communes vont venir. Des personnalités montpelliéraines vont se joindre également à nous tandis que quelques vignerons vont faire un peu de promotion pour leurs produits. Bref ! C'est l'heure de sortir les costumes et les tailleurs jolis. Dernière inspection des salles avant l'ouverture officielle… J'aime vraiment beaucoup. Charlotte et Cédric sont beaux.

La soirée se passe merveilleusement bien… Rien de raté si ce n'est mon discours beaucoup trop long !

Pendant les jours qui ont suivi, j'étais un peu dans le doute quant à l'afflux ou non de visiteurs à l'exposition, mais vite ça s'est dissipé. L'expo marche très bien d'après mon contact à la mairie et je suis ravi.

Avec Charlotte et Cédric, nous allons la visiter souvent, incognito. C'est très amusant de se mêler à la foule et entendre les commentaires des visiteurs. Ce qui est le plus drolatique c'est les remarques sur l'anatomie de Charlotte. Quand on évoque son sexe et les autres parties de son corps, elle devient toute rouge, mais dans son for intérieur elle est très fière. Je la comprends, comme Mya, c'est une bombe atomique.

Et puis il y a la publicité dans la presse qui parle de moi. Des articles, la plupart sympas, ce qui me rassure sur ma technicité et puis ça fait plaisir à mon Boss !

J'ai pas mal de clichés qui ont trouvé acquéreurs. Cet argent sera pour notre futur voyage à l'île Maurice, j'en ai fait le serment devant mes deux amours. Quel voyage cela va être !

J'écris à Firmine le plus souvent possible. J'aime aussi lire ses mots, car elle écrit vraiment bien, dans son écriture il y a une calligraphie qui m'enchante. Cette femme est vraiment formidable. Ce qui m'inquiète en ce milieu d'été c'est ce que m'a dit Cédric à son retour de vacances. Un jour, mamy est tombée de sa chaise alors qu'elle se levait de son Rocking Chair. Cédric malgré ses pleurs et sa peur était allé tout de suite prévenir les voisins qui, sans hésitation, ont appelé une ambulance. Finalement c'est de l'arthrite de la hanche droite qui a été diagnostiquée. Firmine m'a rassuré en me disant que c'était juste une grosse faiblesse momentanée et que je n'avais aucune raison de m'inquiéter. Moi je crois que sa hanche a besoin d'une prothèse. Cela fait six mois qu'elle marche avec une canne pour soulager sa hanche droite et rien ne s'améliore. J'espère qu'elle va « tenir » jusqu'à la date de nos vacances. Firmine je vais m'occuper de vous et vous me manquez ! Et Mya aussi !

Et toujours l'exposition jusqu'à fin septembre !

Je poursuis donc mon travail de besogneux dans le studio photo, mais j'ai changé de types de prises de vue. Dorénavant et pour une semaine, je prends des mannequins hommes et femmes en photos, pour une boutique de lingerie et un magasin de vêtements. Cela me change et je suis motivé... Charlotte joue les jalouses, mais elle me fait confiance. De toute façon, il n'y a pas une fille qui lui arrive à la cheville ! Ah si, Magali ! mais elle est en couple.

Tout se passe au studio photo et j'ai accepté que Cédric vienne voir pour qu'il se rende compte de mon métier, mais visiblement cela ne l'a pas trop branché. De temps en temps il me parle de sa maman sirène, mais de moins en moins. Charlotte occupe désormais bien sa vie. Lise a quitté Montpellier et je me sens quand même un peu orphelin. Ô bien sûr je vais toujours déambuler dans les rues de la ville, à la recherche d'un long voyage, mais il ne se passe plus rien... Fini les Soulages et les flamants roses, plus d'allées à arpenter, plus de lames de fond, plus de Mya, plus rien... Que du réel... « Et le réel, c'est ce qui ne marche pas ! » disait Lacan.

« Tu sais mon amour, si cette histoire de hanche te travaille tant, nous pourrions profiter des fêtes de Noël pour aller voir Firmine et là faire opérer. Te voir inquiet comme cela ne me rassure pas et j'ai peur que tu plonges dans la mélancolie. Et puis le départ de Lise ! Et puis aussi Mya ! Tout ça, tout ça ! Qu'est-ce que tu en penses ? »

— Que tu as raison... Mais cela m'emmerde de vous prendre la tête à toi, et au petit. C'est mes problèmes après tout. Franchement je ne sais pas quoi faire !

— Alors, pour Noël, on va partir au soleil tous les trois. J'irais voir ton boss pour qu'il t'accorde quinze jours de repos ! Et puis merde après tout, tu as bien le droit de te reposer un peu ! On lui dira que l'expo t'a fatigué et que tu n'en peux plus physiquement. Point barre. Et puis c'est la vérité, merde !

— Tu crois mon ange qu'il acceptera.

— Je lui ferai du chantage avec mes seins ! (Rires).

— Il est gay ne l'oublie pas ! (Rires).

— Bon c'est d'accord, j'irai le voir demain sans mes seins, mais je lui parlerai quand même. Et OUI, il sera OK.

— Je t'aime, mon ange.

— Pareil.

Le lendemain dans la soirée, le Boss est venu me voir travailler. Je l'ai reçu en plein milieu d'une séance de prise de vue de lingerie. Il y avait des petites culottes ainsi que des soutiens-gorge absolument partout. Visiblement cela le laissa indifférent et il me demanda une pause immédiatement. « Ta copine est venue me voir cet après-midi, et elle m'a longuement parlé de toi et de tes problèmes. Pourquoi tu n'es pas venu m'en parler avant ? Et bien sûr que je suis d'accord pour tes congés, on les prendra sur l'année prochaine ! Voilà tout. Et tu sais comme moi que Noël c'est une période creuse pour nous, car tous les catalogues seront imprimés avant. Tu es un super photographe et je tiens à toi. Alors, va à Maurice, règle tes problèmes et reviens me voir comme directeur associé. »

— Quoi ?

— Tu as très bien entendu. J'ai en effet besoin moi aussi de décompresser et comme tu es le meilleur j'ai décidé de te récompenser.

— Mais !

— Il n'y a pas de mais… Promets-moi seulement de revenir de Maurice.

— Promis, Boss.

— Associé !

— Vraiment merci, associé.

J'ai quitté le travail assez tard cette soirée-là, car nous avions égaré une petite culotte Aubade qui comme par hasard est tombée de la poche de l'éclairagiste !

Je suis rentré à l'appartement en chantant du Sardou et un lac Irlandais ! Charlotte m'attendait sagement devant la TV. Cédric dormait et j'ai stoppé Sardou. Nous avons commis sur nos lèvres un immense baiser. Alors nous avons mangé et j'ai parlé de ma promotion dans l'Agence. Après, nous nous sommes dit des tonnes de « Je t'aime », et puis l'amour aussi. Le réveil fut militaire… Cédric courait partout dans l'appartement en criant des « mamy » et en nous envoyant des baisers.

Charlotte s'occupa des billets et j'envoyai à Firmine, par écrit, la bonne nouvelle.

*

Le mois de décembre arriva très vite. J'avoue que cette perspective mauricienne arrivait à point nommé. J'étais très fatigué, limite burn-out… juste envie de dormir.

Firmine m'avait répondu enchantée et surprise. De retour si vite ! Elle se faisait une joie de nous revoir et de faire la connaissance de Charlotte… Mais ignorait mes prises de contact avec le milieu chirurgical mauricien !

C'était limite pour les billets d'avion, mais Charlotte et ses copines ont trouvé une solution. Escale à Rome puis vol direct jusqu'à Port-Louis.

Deux ou trois jours avant l'embarquement, Charlotte nous a apporté une nouvelle pas terrible, en effet, l'avion serait plein et donc pas de surclassement envisageable. Cédric a fait une tête !

Mais bon, l'essentiel était de sortir de l'hiver pour un été lointain.

C'est simple, il nous a fallu une bonne semaine pour faire nos bagages. Charlotte d'abord avec sa Delsey rose… Elle hésitait entre prendre deux ou trois pull-overs, pareil pour les pantalons et que dire de la lingerie ! J'avais beau lui dire qu'un ou deux shorts, pareil pour les T-shirts et deux maillots de bain suffiraient largement, mais bon ! L'histoire dura cinq jours ! Le sac de Cédric, c'est moi qui pris les choses en main et tout fut réglé en une heure. Ma vieille valise sans roulettes fut allégée au maximum. Point final.

Entre temps Boris, le chirurgien orthopédique du Longe Mountain Hospital de Crève-Cœur m'appela une fin d'après-midi pour me confirmer que l'opération aurait bien lieu le jeudi 5 janvier à huit heures du matin. Avant cela il faudra qu'elle rencontre un anesthésiste… et qu'elle se prépare psychologiquement ! Ce n'était pas gagné là non plus !

Nous pouvions donc embarquer ! Nous étions plutôt vers l'avant de l'avion sur sa partie gauche. En arrivant sur Maurice, on pourra ainsi déjà admirer la beauté de cette île avec ses champs de canne à sucre et ses petites pyramides de cailloux, sa côte déchirée, son lagon et ses montagnes rondes…

— Que c'est beau ! fit remarquer Charlotte à l'approche de l'île. C'était sa première fois ! Et c'est vrai que c'est beau ce petit coin du monde… Je ne m'en lasserai jamais. « Vous avez vu les vagues lourdes qui viennent se reposer sur les plages blanches et regardez l'hôtel juste en dessous de nous, on y voit des vacanciers qui profitent du soleil », insista Charlotte, « Dieu que c'est idyllique ! »

— J'en connais une qui doit s'impatienter !

— Tu parles de mamy, hein p'pa ?

« Nous approchons de l'aéroport international de Plaisance, merci d'attacher vos ceintures… » nous demanda l'hôtesse d'une voix plutôt douce. « Mam… Charlotte, je pensais que c'était toi qui allais parler dans le micro. »

— Non mon bonhomme, ce n'est pas mon métier, moi je suis une hôtesse de voyages.

— Ah bon ! … Et ce n'est pas pareil !

J'ai dû stopper cet échange verbal en disant à mes deux amours qu'ils feraient mieux de regarder à travers le hublot que d'entamer ce genre de discussion maintenant. Ils me regardèrent fixement, mais ne me répondirent rien. Ça y est ! l'avion vient de se poser tout sagement sur la piste, nous y sommes !

Bousculade habituelle… la police… le tapis de réception des bagages… et la douane pour finir. Hep taxi !

Firmine nous attendait assise sous un manguier. Cédric ne tenait plus et courut comme un dératé vers sa mamy. Je crois bien qu'il versa quelques larmes et je crois qu'elle aussi ! Charlotte s'approcha calmement et allait se présenter quand Cédric prit la parole.

— Mamy, je te présente Charlotte la petite amie de p'pa. Elle est adorable et belle comme Mya. C'est une hôtesse chez Havas.

— Je vois, je vois, répéta Firmine avec un sourire immense. Bonjour et bienvenue, Charlotte, je suis si contente de vous connaître.

— Moi de même madame, ravi d'être là, chez vous, dans votre si belle île.

— Bonjour, Firmine, je suis tellement heureux de vous revoir, je ne pensais pas revenir si vite ! Et puis Charlotte a forcé le destin, et nous voilà ! dis-je en l'embrassant.

Pendant toutes les retrouvailles, j'observais Firmine qui n'avait pas quitté son fauteuil… elle devait avoir mal ! J'allais devoir m'occuper d'elle sérieusement.

La première soirée fut très belle et très réussie sous une forte chaleur. Charlotte commença à gémir qu'elle avait trop chaud, mais quand elle ôta sa veste tout s'arrangea comme par miracle. Et puis quelle belle idée de ne pas porter de soutien-gorge sous son chemisier sous une forte chaleur ! Oui ce fut une belle soirée. Pas de vrais dîners, mais des fruits savoureux et des letchis à gogos. Ensuite, nous regagnâmes nos chambres respectives. Cédric avec sa grand-mère et moi avec Charlotte. À vingt-deux heures, tout le monde était au lit… Pas de caresses ce soir, seulement dormir… Et surtout pas de bruit !

Nous nous réveillâmes en milieu de matinée en pleine forme, Charlotte et Cédric choisirent d'aller se baigner à la plage de Flic en Flac… Avec Firmine nous les rejoindrons un peu plus tard, nous avions à parler !

— Alors, cette hanche, comme se porte-t-elle ?

— Elle me tire un peu, elle me fatigue, mais bon, c'est l'âge, on ne peut rien y faire.

— SI, on peut y faire ! mettre tout simplement une prothèse. C'est une opération très courante et très rapide maintenant.

— Je ne veux pas que l'on m'introduise du fer ou je ne sais quel produit dans mon corps… Que veux-tu Damien, ça s'appelle la vieillesse, et il faut faire avec. C'est comme ça ! Et puis j'ai peur de ne pas me réveiller après l'anesthésie.

— Et moi je vous dis que cela se soigne parfaitement et qu'après vous n'aurez plus mal et votre hanche sera comme neuve. Le choix est vite fait, avoir mal ou non ! Je vous observe vous savez et je me rends bien compte de votre souffrance. Quant à l'anesthésie, c'est juste un endormissement passager ! Firmine, je vais être franc avec vous, j'ai déjà pris contact avec des médecins et des chirurgiens alors que j'étais en France et une opération est envisagée au Longe Mountain Hospital de Crève-Cœur le 5 janvier, quelques jours avant notre départ ! Ainsi on veillera sur vous. L'anesthésiste va vous convoquer et on vous accompagnera puis on s'occupera de toutes les démarches. Et vous vous trompez, ce sera du polyéthylène que l'on vous insérera, pas du fer !

— Mais tu aurais dû m'en parler et ne pas me mettre devant le fait accompli. Je ne suis pas contente de toi ! Et si Mya avait été là, elle ne m'aurait pas forcée, ELLE ! Et puis Longe Mountain Hospital c'est là qu'elle est morte… Non, Damien, non !

— « Elle ne vous aurait pas forcée »… Peut-être ! Je n'en suis pas certain, car Mya vous adorait et aurait refusé que vous souffriez. Or vous souffrez trop Firmine et vous êtes encore jeune. Faites-moi confiance. Quant au Longe Mountain Hospital, c'est le meilleur !

Elle se leva avec difficulté et s'en alla bouder dans sa chambre sans me dire un seul mot. Firmine n'est pas venue à la plage cet après-midi-là ! J'ai téléphoné à Charlotte que je ne viendrais pas moi non plus… Les vacances s'annonçaient compliquées.

Charlotte et le petit sont revenus de la plage avec de belles couleurs, ils étaient en pleine forme. C'est Cédric qui se chargea de tenter de faire sortir de sa chambre sa mamy… Il insista beaucoup, mais Firmine rechigna. On la verra demain ! La soirée fut morose et nous n'avions pas trop faim. Cédric posa une assiette de carry poulet devant la porte de la chambre de Firmine, au cas où !

Le lendemain matin, l'ambiance avait recouvré son équilibre. C'était bien. L'assiette devant la chambre de Firmine était vide et vers neuf heures la porte de sa chambre s'entrouvrit timidement. Elle apparut vêtue d'une robe de fleurs bleues et de son foulard Hermès. Son sourire était revenu.

— Excusez-moi les enfants et excuse-moi Damien pour ma réaction épidermique, mais bon il faut me comprendre… Vous, qui venez de France, cette gentille Charlotte et maintenant cette opération, moi qui déteste les hôpitaux depuis la mort de Mya ! Ça fait beaucoup en si peu de temps, pour une vieille dame comme moi. Tu sais Damien, cela fait six ans que l'on se connaît et j'ai soixante-seize ans désormais. Eh oui, je suis une vieille dame !

— C'est bon, Firmine, pas besoin d'explications ni de justifications, nous comprenons parfaitement… Mais nous en reparlerons. Bon et si nous nous occupions de préparer Noël ?

C'est certain que Mya va nous manquer pour le réveillon et pour combattre ce manque, il va falloir que nous soyons une famille unie. Heureusement, Firmine semble moins craintive pour son opération et c'est bien de la voir s'activer pour ces fêtes sous ses tropiques.

Plus que deux jours ! Chacun, de son côté, s'affaire discrètement pour les cadeaux et c'est amusant à voir. J'ai réussi à trouver un sapin à un prix exorbitant, mais je tiens à ce que Noël soit une vraie réussite et un vrai moment de bonheur partagé. C'est Cédric qui s'occupera de la décoration de l'arbre pendant que les dames, Firmine et Charlotte, squatteront toutes les boutiques de Port-Louis pour les fameux cadeaux. Moi, mes cadeaux, je les ai rapportés de Montpellier et suis content de m'occuper du petit… Et puis c'est bien pendant ce temps-là, Charlotte et Firmine font connaissance tout en douceur.

Pour le menu du réveillon, Firmine organise tout et on va avoir droit au rôti de dinde avec un gratin et une salade. En accord avec Cédric, on poursuivra par une crème glacée accompagnée d'une salade de fruits de saison. Tout en réveillonnant, mamy nous contera les histoires d'antan qui nous feront bien rire, et puis Noël serait incomplet sans les traditionnels feux d'artifice et autres pétarades ! Voilà ce qui nous attend et nous sommes tous très excités. Cependant, j'espère que l'ombre de Mya ne sera pas trop présente cette soirée de Noël. « Hein, Mya, tu vas nous laisser tranquilles un peu ! »

Entre deux balades dans l'île, nous faisons beaucoup de plages et nous en profitons. L'océan est à 29° et le ciel toujours sans nuage. Nous pensons à eux, là-bas, en France métropolitaine gelée, et nous en rigolons. J'observe Charlotte, ce voyage l'a embelli encore plus, elle est de plus en plus hâlée et me fait craquer comme jamais. Je l'aime tant ! Je fais quand même attention à ne pas trop le montrer aux yeux de Firmine… Je n'ai pas envie de la peiner plus encore. Si tu savais Mya, comme tu manques à ta maman ? Comme tu manques à tout le monde ?

Mais j'avoue que la présence de Charlotte voile un peu l'amour que je lui portais. Jamais je n'aurais imaginé recouvrer une telle puissance de sentiment pour une autre jeune femme. Alors je culpabilise, mais beaucoup moins qu'avant. Je suis désolé Mya !

J'ai raconté tout cet amour à Firmine ce matin, et je n'étais pas fier du tout. Mais bon, je devais lui dire, c'était la moindre des choses, c'était sa fille quand même ! Étonnamment elle ne m'a pas jugé, juste fait un baiser appuyé en me confiant qu'elle comprenait parfaitement et que c'était ça l'amour précisément ! Alors nous nous sommes tus pendant quelques minutes juste le temps aux sanglots d'arriver. « Cela fait du bien de pleurer », m'a dit Firmine en me disant « que nous ne devrions pas être tristes à quelques heures du réveillon. » Je lui ai dit qu'elle avait raison, et que jamais je ne pourrais oublier sa fille, la mère de notre enfant. « Je l'aimais, je l'aime et je l'aimerai à vie votre Mya. »

Et nous avons commencé à décorer la maison. Cédric étant le chef décorateur, il a accroché des ballons et des guirlandes de Leds absolument partout. Les filles, elles s'occupaient de la table et du dîner. Moi je suivais les directives du petit chef.

À dix-neuf heures, nous sommes allés à la messe, car celle de minuit était bien trop tardive pour Firmine, et même pour nous. L'office ne dura que quarante minutes, mais il est vrai qu'il n'y avait pas beaucoup de monde ! Mamy était habillée très élégamment, en revanche nous trois ce n'était pas de circonstance, mais il n'y a pas eu de remarques désagréables. À part peut-être la teenager indigène du banc devant nous qui nous tira la langue à trois reprises !

Déjà les pétards et les feux d'artifice s'en donnaient à cœur joie !

L'heure était venue de nous mettre à la table magnifiquement ornée. C'était cool ! Nous formions une petite famille. Tout était excellent et nouveau pour Charlotte… c'était beau de la voir ainsi. Firmine la regardait également en souriant. Cette soirée-là, elle l'adopta. Le repas fut copieux et délicieusement bon. Nous allâmes nous coucher vers les vingt-trois heures.

À sept heures et trente minutes, Cédric poussa des hurlements de joie ! Tant de cadeaux ! Coquillages, pull, jeux, montres, plaids et puis un cadeau pour Charlotte et moi. Un tout petit écrin rouge avec à l'intérieur deux magnifiques alliances en or blanc ! Quel cadeau ! Charlotte s'effondra en pleurs sur mon épaule pendant que moi je regardais mes pieds en retenant mes larmes. « C'est pour vous les enfants, pour votre mariage, car vous allez bien vous unir un jour, non ! » dit Firmine avec son air mutin… Une larme s'étant arrêtée sur sa joue, comme un diamant rare. Personne ne pouvait parler si ce n'est Cédric qui osa dire que sa maman morte elle aussi avait une bague comme ça ! Trop forte émotion, alors je les ai lâchement abandonnés et suis allé sous le manguier pour changer d'air et aussi en trouver ! Firmine, quelle belle maman ! Peut-être dix minutes plus tard, je rentrai à nouveau dans la case, trouvant les deux femmes enlacées dans un silence de vie.

— Et si nous allions à la plage nous remettre de nos émotions en ce beau jour de Noël ?

Et c'est ce que nous fîmes.

Alors que Firmine était partie se tremper les pieds dans le lagon, Charlotte me dit dans un joli sourire « Tu sais mon ange, je crois que Firmine aimerait beaucoup que notre mariage civil se passe à l'île Maurice, tu serais d'accord ? »

— Belle idée, nous pourrions aller au Consulat de France pour voir les modalités… mais moi je dis OUI, vraiment c'est une belle idée !

— Je t'aime.

À l'autre bout de la petite plage, Cédric était en pleine discussion avec un père Noël qui venait de descendre du ciel en parachute rouge et blanc. On ne saura jamais ce qu'ils se sont dit, mais c'est sans doute un secret et c'est tant mieux… Surtout ne pas briser les rêves ! Cédric revint vers nous avec un paquet tout doré. À l'intérieur, un SUV Volkswagen T-Roc made in China. Un vrai don venu du ciel !

Plus que deux jours et nous serons en 2013 ! Firmine, ne voulant pas faire réveillon à sa case, elle nous proposa un pique-nique à la mauricienne dans les hauts de l'île. « Nous serons au frais et nous verrons bien les feux d'artifice, ça va être un beau spectacle, je vous assure ! »

Sans même nous concerter, tout le monde accepta avec empressement. Il fallait maintenant nous préoccuper du repas de fête ! Après certaines hésitations on s'accorda sur un rougail de poisson et un mine frit[13]. En dessert, litchis et ananas, et du vin du Languedoc.

Restait à choisir le lieu de notre pique-nique. « Et si nous allions nous installer sur les flancs de la montagne Pieter Both qui offre un super panorama de Port-Louis ! C'est un endroit que nous fréquentions quand j'étais petite, on y avait nos cabanes, nos amoureux… Et puis cela nous changerait de la plage. Il faudra, les enfants, toutefois, repérer les lieux en voiture, car de nombreux Mauriciens auront la même idée que nous… Et n'oubliez pas que je marche difficilement ! » insista Firmine.

— Très belle idée, je connais un peu ce site et il y a un point de vue sur la capitale absolument magique ! Superbe idée, vraiment ! répondis-je en souriant. « Donc après-demain nous partirons tôt dans l'après-midi pour bloquer la table et les bancs normalement alloués aux randonneurs. Ce n'est pas gagné d'avance, mais il faut y croire. Cet après-midi je vais louer un 4x4 qui pourra nous amener jusqu'au parking et ainsi repérer. D'ailleurs nous le louerons jusqu'à la fin de nos vacances, car je commence à en avoir marre de ne prendre que des taxis à chaque fois que nous nous déplaçons ! »

— Tu as raison, mon amour.

---

[13] Rougail de poisson et un mine frit : plats mauriciens typiques.

Pour faire plaisir à Cédric, j'ai pris en location un SUV Volkswagen T-Roc gris métal. Ainsi nous voilà parés pour la montagne. Nous profitons du 4x4 pour aller rouler dans l'arrière-pays mauricien et découvrir des domaines immenses de champs de cannes à sucre. C'est Firmine qui nous sert de guide et elle le fait bien. On dirait même qu'elle est émue de redécouvrir ces lieux de son enfance. Ça remue dans la voiture, mais ça chante aussi !

Ça y est, nous allons changer d'année !

C'est sans problème que nous grimpons les premiers lacets de Pieter Both. Arrivés au parking, quelques voitures, mais encore de la place ! Vite, nous prenons possession d'une table et nous commençons à dresser les couverts. Nous sommes prêts… Il n'y a plus qu'à attendre !

Nous profitons du coucher du soleil qui disparaît là-bas, vers l'île rouge[14].

L'heure du dîner passée, Firmine et Cédric s'endorment tranquillement à l'abri sous leurs plaids en cachemire offerts par Charlotte. Minuit moins dix minutes ! Nous les réveillons… la féerie se prépare dans l'ombre. Et puis soudainement, le ciel explose en mille et une couleurs… Toute la ville s'éclaire ! Et nos visages aussi ! C'est l'heure des vœux et des résolutions… Et tout le monde s'embrasse, même nos voisins de table nous serrent dans les bras. Comme le monde est beau pendant quelques minutes ! Et puis le ciel s'assombrit, quelques éclats encore détonent dans le ciel, la fête se termine, 2012 est là. Nous rentrons à la case vers une heure du matin… Des rêves pleins la tête et des lumières aussi.

Ce matin, nous sommes allés, sans le dire à Firmine et à Cédric, au Consulat de France. « Pas de problème, nous a dit une employée, faites-nous un courrier, fournissez-nous tous les documents que nous souhaitons et nous organiserons ça ». C'est tout heureux, mais aussi malheureux que nous soyons revenus à la case… Si nous avions su ! On aurait pu nous marier civilement durant nos congés, si nous avions

---

[14] L'île rouge : Madagascar.

su ! Trop tard nous rentrons en France dans huit jours… nous n'avons plus le temps nécessaire !

Charlotte a déposé sur ses genoux le formulaire du Consulat de France et le relit pour la seconde fois en sanglotant.

Chapitre II bis : Du mariage des Français à l'étranger (Articles 171-1)
Le citoyen français doit avoir résidé à Maurice durant une période d'au moins sept jours avant le premier jour de la publication des bancs. – Le mariage civil doit avoir lieu après un délai de 10 jours à compter de la date de
la publication des bancs. – La présence de deux témoins est nécessaire le jour du mariage civil.

Je la rassure comme je peux en lui promettant que nous reviendrons bientôt à l'île Maurice pour d'autres vacances, et qu'à ce moment-là nous pourrons nous marier. Nous présenterons les papiers comme demandé sur le formulaire et plus rien ne nous arrêtera.

— Oui, mon amour, mais ça aurait été bien, quand même, maintenant !

— Je sais, je sais, mon ange !

Plus que cinq jours avant l'opération de la hanche. Ce matin Firmine a reçu la convocation de l'anesthésiste… Demain, onze heures au Longe Mountain Hospital. Je sens Firmine contractée et très pâle. Nous la motivons en lui rappelant que nous serons près d'elle.

Dans l'après-midi, pour lui changer les idées, nous l'emmenons au Jardin botanique de Pamplemousses. Elle en connaît des plantes et des arbres, c'est étourdissant ! Cela lui fait du bien de voir toute cette végétation, c'est reposant. Assise sur un banc de l'Avenue Paul & Virginie, elle nous raconte la vie de ce parc qu'elle a connu toute petite.

« HUIT de tension, c'est un peu faible, mais c'est sans doute le symptôme de la blouse blanche n'est-ce pas Madame ? souligna l'anesthésiste. » « Appelez-moi Firmine, je préfère. » « Vous pouvez être rassurée, tout se présente bien pour l'opération, Firmine. »

— Et dites-moi, Docteur, cela fait mal ?

— Vous ne sentirez rien, car vous serez endormie. C'est une opération très au point qui se fait en une, voire deux heures maximum… Rien à craindre Firmine ! Et puis dans quelques jours vous pourrez sauter comme un cabri ! Elle n'est pas belle la vie ! conclut le médecin, qui nous salua avant de nous libérer.

Firmine resta aphone jusqu'au jour de l'opération, enfin presque ! De temps en temps elle évoquait la mort, la souffrance, l'odeur si tenace des hôpitaux, bref elle s'inquiétait. Heureusement Charlotte était là pour la tranquilliser. À grands coups de « c'est une petite opération, cela va vite passer, sauter comme un cabri et autre plus question de souffrir » elle la calmait comme on le ferait pour un petit enfant. « Cette fille est formidable et je l'aime tant ! » Puis le jour fatidique est venu.

Firmine n'était plus pâle, elle était exsangue et nous étions peinés de la voir ainsi. Difficile de la réconforter sans compter que nous partions dans trois jours ! Mais bon, nous serions près d'elle jusqu'au bout de notre séjour.

Elle rentra à l'hôpital la veille de son opération. Sa chambre était petite, mais propre. C'était déjà ça ! Charlotte dormit dans le fauteuil de la chambre tandis que Cédric et moi nous nous sommes installés dans une des salles d'attente, où il n'y avait personne.

Charlotte m'a dit que le sommeil de Firmine fut très agité cette nuit-là !

Six heures trente du matin, tout le monde est réveillé, des infirmières partout et des relents de mauvais cafés qui hantent les couloirs… Un hôpital, quoi ?

On vint préparer délicatement Firmine pour l'opération. Elle ne parlait pas et répondait par des sortes de petits sons presque inaudibles. Et puis on l'emmena au bloc opératoire. « Comptez jusqu'à 10 Firmine et faites de beaux rêves ! »

Nous étions dans sa chambre quand on la ramena de la salle de réveil. Elle avait l'air détendue et nous a souri. « La faucheuse n'a pas voulu de moi les enfants ». Alors, on l'embrassa encore et encore. « Pour que tu n'aies pas froid Mamy », lui étala sur le lit le plaid de Noël, un Cédric tout heureux et aussi rassuré.

— Maintenant, Firmine, vous allez vous reposer quelques jours ici et on vous emmènera au centre de rééducation de Cure-Pipe où vous allez réapprendre à marcher et à peu près dans un mois, hop ! Vous pourrez sauter comme un cabri.

— Merci du fond du cœur pour m'avoir aidé à passer le cap, car il est vrai que je souffrais beaucoup, mais j'avais tellement peur de mourir ! Mais j'y pense, et la case ? Elle va rester abandonnée pendant un mois au moins… Non, je demanderai à mon frère d'y passer régulièrement pour vérifier si tout va bien.

— On va vous laisser vous reposer à présent… Car il nous faut avancer dans les bagages, dans deux jours nous partons.

— Et moi qui ne serais pas alerte pour votre départ !

— Mais nous reviendrons bientôt, plus vite que vous ne le pensez, on a décidé avec Charlotte de se marier sur votre île et nous comptons sur vous pour être notre témoin.

— Whaouh… Ça, c'est une merveilleuse nouvelle, bravo, mes enfants. Tu entends Cédric, cette merveilleuse nouvelle ?

— Moi ce que j'entends c'est que maman disparaît et que Charlotte prend sa place. Mais moi cela m'est égal ou presque… Je ne vois plus Mya ! C'est la vie, dit p'pa !

— Oui, c'est la vie. Allez, partez vite !

— À tout à l'heure, Firmine, nous reviendrons dormir près de vous. Nous ne vous lâchons plus jusqu'à notre départ.

Plus qu'une journée ! Sans nous le dire vraiment, nous sommes tous, plus ou moins, au bord du spleen… Le mariage, Firmine, le soleil, Mya, Noël, les vacances, l'île et maintenant l'hôpital, tout se ressasse dans nos têtes. Merde… ! Mais nous faisons avec ! Et nous nous sourions, et nous nous embrassons, et nous nous aimons, et nous faisons comme… ! Et toi Mya, que penses-tu de tout cela ? Parle-moi ! Tu fais chier Mya !

Derniers bains dans l'océan Indien et derniers coups de soleil. Derniers instants de paix sans Firmine sous son manguier. Derniers sourires aussi, il faut faire les bagages. Charlotte ne parle presque plus, Cédric joue tout seul dans son coin et moi je regarde faire… Demain nous repartons ! Furieuse envie de rester sur cette putain de rocher… Mais nous ne resterons pas, notre vie est ailleurs ! « Comment tu disais Mya ? Mo rass moi bien amizé[15] ! C'est ça ? »

— Qu'est-ce que tu dis, mon amour ?

— Rien, je parle tout seul comme un vieux.

— On aurait dit du créole !

— Mo kontan twa !... Je t'aime[16].

Dernière nuit à l'hôpital… C'est l'instant des adieux ! C'est l'heure des mercis et des je vous aime aussi. Dans son lit Firmine est sur le point de pleurer encore et encore. Alors nous ne nous attardons pas trop pour abréger ce temps des larmoiements. « On vous aime et à bientôt » et nous refermons la porte de la chambre 27… paisiblement.

*

Pas de surclassement possible, alors c'est dans un avion plein que nous voyagerons pour ce retour en France. Cédric n'a pas envie de dîner, juste envie de dormir étendu à travers son siège. Avec Charlotte nous sommes un peu tristes et ne parlons pratiquement pas durant le vol. Parfois un petit rire pour un joli souvenir ! « Putain » d'avion de retour ! Alors nous nous endormons juste après le dîner et après un baiser. À part quelques turbulences au-dessus du golfe de Mozambique, le voyage est calme jusqu'à Rome où nous faisons une escale. Arrivée prévue à Montpellier… Seize heures.

Ce n'est pas possible, quelqu'un a dû siphonner beaucoup de ciel bleu, Montpellier est toute grise. Fais chier ! Hep taxi !

---

[15] Mo rass moi bien amizé (créole mauricien) : Je m'en vais, je me suis bien amusé.

[16] Mo kontan twa ! (créole mauricien) : je t'aime…

Le dimanche soir fut comme un lendemain de fête... Comme Inutile... Vraiment en trop ! Cédric avait une petite mine et Charlotte n'arrêtait pas de ranger et de déranger des vêtements. Moi, j'essayais la télévision, mais rien de vraiment intéressant à regarder si ce n'est un faible documentaire sur les volcans en activité dans le monde, dont celui de la Réunion, forcément... J'éteignais l'appareil coréen.

Nous nous sommes couchés de bonne heure, demain, reprise de l'école et du travail aussi.

Le petit déjeuner fut silencieux, rien de beau à se dire ! Des « Passe-moi le sucre », c'est tout !

Après avoir salué mes potes du studio et, désormais mon nouvel associé, j'ai commencé par shooter des packshots de cassoulet à la saucisse de Toulouse. Suivirent quelques confits, toujours du sud-ouest, et un fromage de chèvre avec sa fromagère.

Mais où es-tu Mya ? J'ai l'impression que Mya est de moins en moins dans mes rêves et pourtant je la questionne de temps en temps. Je n'en parle pas à Charlotte.

Lundi... Douze heures et quinze minutes ! Comme Charlotte déjeune avec ses amies, j'ai décidé d'aller errer dans les rues de la ville. De toute façon je n'ai pas faim. Le musée Fabre étant fermé, je me suis dirigé au loin vers le Corum cherchant à être happé par quelques « trous noirs ». Rien ! Alors je me suis dirigé du côté de l'ancienne boutique de chez Lise ou plus exactement devant ce qu'il en reste... Une façade fanée et vide de tout sens... Un vestige d'une boutique, des possibles disparus. Toujours rien ! Peut-être que si nous sommes à trois cela marchera mieux ? En fin de journée j'ai proposé une promenade en ville à Charlotte et Cédric. Ils trouvèrent cela bizarre, mais ils ont accepté. Nous avons longé toutes les fontaines, nous nous sommes approchés de tous les porches sombres, mais je n'ai rien trouvé qui me harponne le corps. « Tu peux nous expliquer ce que tu cherches exactement... Le petit commence à être fatigué, et moi aussi, de crapahuter ainsi. On dirait que tu as perdu quelque chose d'important ? »

— OK, rentrons mon ange, la nuit va tomber et puis Cédric doit dormir ! répondis-je doucement. En fait, je ne cherche rien, je m'accroche à des rêves… c'est tout !

— Comment cela c'est tout ? Tu ne voudrais pas nous expliquer un peu plus cette histoire de rêves ?

— Cela ne s'explique pas les amours, je suis vraiment désolé ! moi-même je ne comprends pas, mais peut-être qu'un jour !

— Peut-être qu'un jour ? Et il arrivera quoi ce jour hypothétique ?

— Alors, nous rêverons ensemble.

— !

Et nous sommes rentrés par les rues de traverse.

Comme il était tard, nous avons fait des nouilles chinoises, et puis Cédric en raffole. « Faudra acheter du ketchup, il n'y en a presque plus, hein m'man ! » nous dit-il en quittant la table. Avec Charlotte nous nous regardâmes longtemps avant que ses yeux clignent et laissent échapper quelques larmes. Je me suis levé à mon tour, j'ai contourné la table et embrassé Charlotte dans un câlin immense. Cédric en pyjama Superman, vint nous interrompre : « Et aussi de la mayo, tu n'oublieras pas, hein m'man ! ». C'était l'heure du bisou pour attendrir la nuit et ses tendres fantômes. « Non, bien sûr, mon chéri ! »

Alors nous nous sommes endormis après de longues caresses et la nuit nous emporta.

Je me suis réveillé encore à Saint-Germain-des-Prés, juste devant l'église, à l'aube d'un hiver qui serait le dernier à la belle dame brune qui m'attendait en pleurs au coin de la rue Montfaucon. Mya ! Je courais vers elle pour aller lui demander qu'elle cesse de me hanter quand soudainement elle se volatilisa… Disparue la beauté ! Plus de Mya, plus rien ! Je me retrouvais seul à cet angle de rue à crier des Mya qu'elle n'entendrait jamais.

Une pluie d'automne vient me vriller le corps comme des millions d'épines d'un acacia maudit. Je me retrouve au milieu du salon de l'appartement de Montpellier, nu et transi de froid. Sur le parquet, des traces de pas humides, d'autres traces que les miennes ! Alors j'entends la douche avec ses gouttes lourdes et si tendres à la fois. Tout doucement je me dirige vers la salle de bains toute voilée de vapeur. « C'est toi Charlotte ? C'est toi ? »

— Oui, c'est moi mon amour, j'ai si froid, si tu savais !

— Moi aussi j'ai très froid… Mais qu'est-ce que tu fais là ?

— J'étais comme dans un rêve en plein Paris, il y avait une femme – on aurait dit Mya – avec mille sanglots et puis aussi la pluie, si froide cette pluie, et puis notre lit glacial sans toi à mes côtés, et je ne sais plus vraiment… et là-bas, plus au loin, sur un boulevard, un homme, un homme qui courait… totalement hagard… qui te ressemblait bien… et puis plus rien du tout ! Je me suis donc levée pour réchauffer mon corps… Mais que se passe-t-il mon amour ? Et toi, tu étais où ?

— Tout près de toi mon ange, je partageais ton rêve… ! Tu m'invites sous la douche ? Je te raconterai.

Remerciements

À Rosine Lantheaume, grâce à qui ce livre vit.

À Corinne Pawlik et Corine FOUCHER pour LEURS encouragements et LEUR fidèle amitié.

À mes compagnons de musique, Bob Dylan, Coco Robicheaux, Jacques Brel, The Lighthouse, Angus & Julia Stone, Arctic Monkeys, Iggy Pop, JJ Cale, The Rolling stones, Cold Play, The Red Hot Chili Peppers, Malcom McLaren, David Bowie, Arno, Placebo, Tindersticks, Michel Delpech, Radiohead, Sunsetz, Lou Doillon, Francis Cabrel, Woodkid, Christophe, Chris Rea, The Eagles, pour leur soutien appuyé tout au long de la rédaction de ce livre.

Imprimé en Allemagne
Achevé d'imprimer en février 2024
Dépôt légal : février 2024

Pour

Le Lys Bleu Éditions
40, rue du Louvre
75001 Paris